●차 례

미 로

해설 / 河鍾賢

서문당 • 컬러백과 —　　　서양의 미술 ⑧

河 鍾 賢 略歷

弘益大學校 졸/韓國美術大賞전 대상 수상 / 空
間美術大賞전 대상 수상 / 상 파울루 비엔날레 출
품/파리 비엔날레 출품/까뉴 국제회화제 韓國
代表로 참석/서양화가/弘益大學校 교수

E. C. 리카르트의 초상
PORTRAIT DE E. C. RICART

모델 E. C. 리카르트는 미로가 가리의
교실에서 알게 된 젊은 화가로서
바르셀로나 시대에 아주 가깝게 지낸
친구이다. 이 시기에 미로는 리카르트의
초상화뿐만 아니라, 그 외에도 친구들을
모델로 한 여러 점의 초상화를 남기고 있다.
이 초상화는 그 중의 하나이다. 당시
피레네 산맥 저쪽 파리에서 일어나고 있는
여러 가지 경향에서 영향을 받고 있는 것을
이 작품에서 엿볼 수 있다. 얼굴의
처리에서 입체파의 영향을 볼 수 있으며,
배경의 우끼요 에(浮世繪)는 실제의 화면에
붙인 것으로서 빠삐에 꼴레(붙이는 것)의
영향이 보이며, 콘트라스트가 강한
원색들이어서 야수파의 영향을 받고 있다.
좌상의 팔레트는 훗날 미로의 기호와 같다.
전체적으로 봐서 화면은 장식적인 시각
효과를 강하게 나타내고 있다. 그의
초상화 연작 중에서 이색적인 작품이다.

1917년 캔버스 油彩 81×65cm
시카고 개인 소장

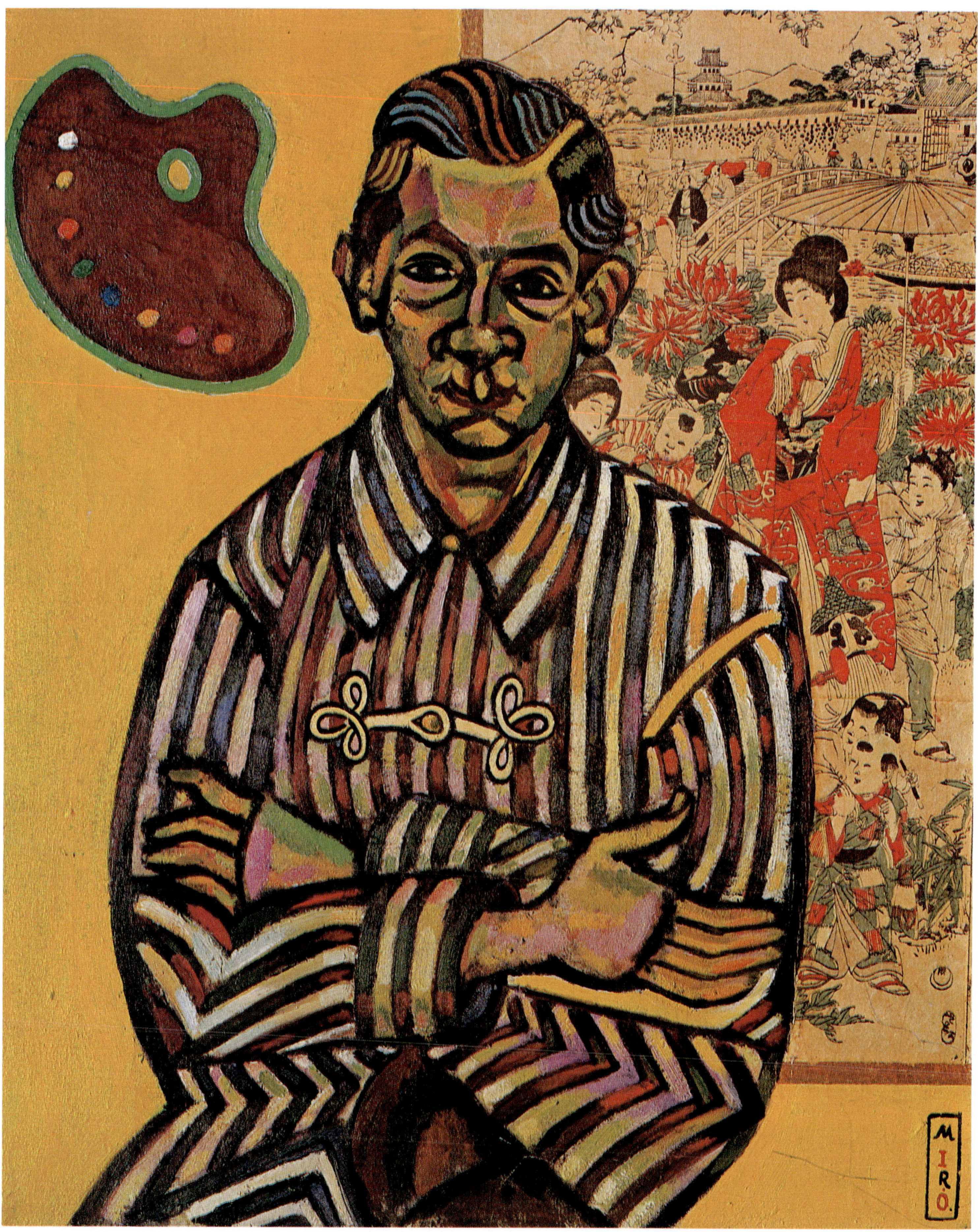

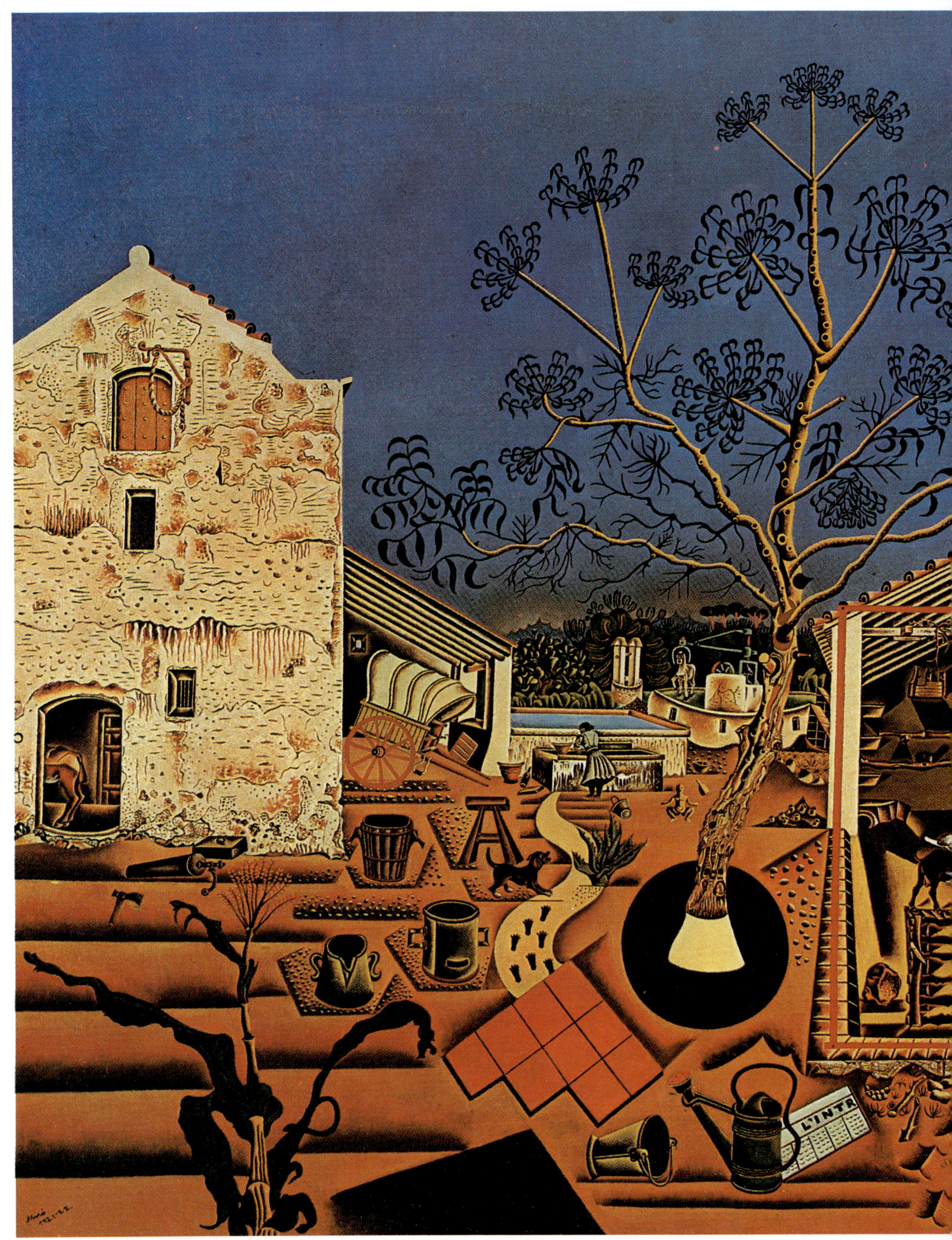

L'INTR

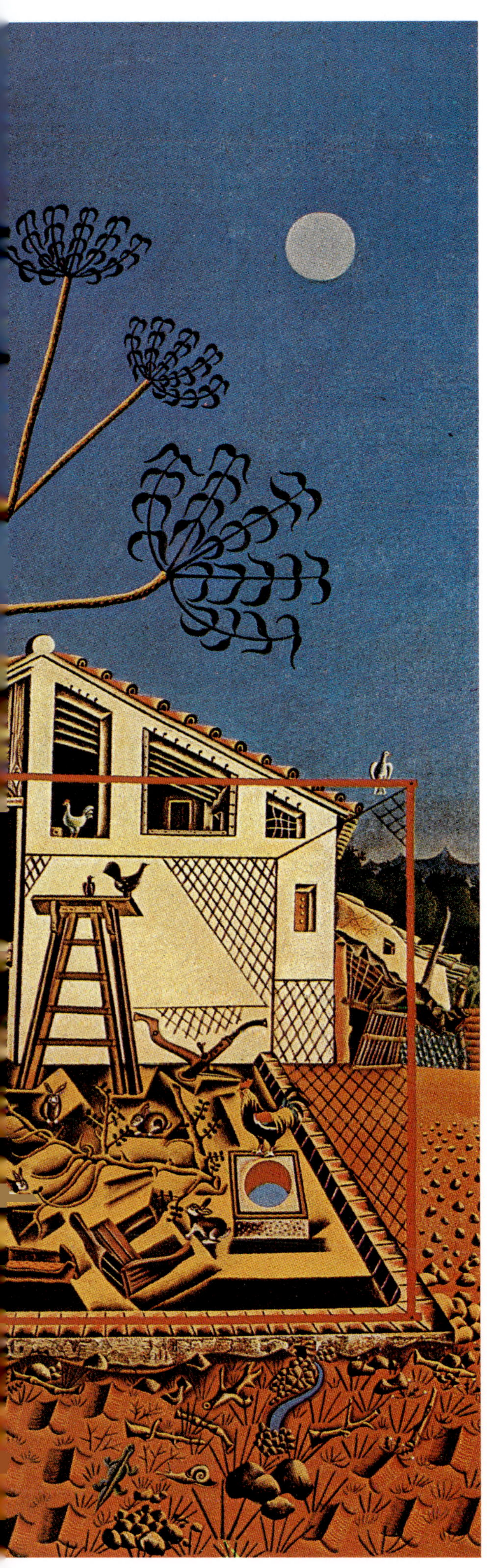

농장
LA FERME

   바르셀로나 남쪽 20km에 위치한 농촌
몽리치에 농장과 별장을 부친이 사들인
것이 1910년이다. 그 일대에 돌출된
환상적인 형태의 바위들의 색깔에서 유래된
이 지명에서도 말해 주듯이, 카틸로니아
지방의 빛과 공기를 생성하는 이 환상적인
자연이 그대로 미로의 이미지가 되고, 자연
그대로가 환상이라는 이 몽리치는 미로에게
제 2 의 고향이라 할 수 있다. 〈농장〉은
1921년에 몽리치에서 그리기 시작하여
바르셀로나로 옮겨가 그리다가, 1922년
파리에서 완성한 작품이다. 이것은 미로의
초기를 대표하는 작품이라 할 수 있다.
여기에 그려진 온갖 물체들은 눈에 보이는
그대로를 옮겨 놓은 것이긴 하나, 여기에서
미로는 리얼리즘에 충실하면서도 밝은
환상의 꿈의 세계를 펼쳐 보여 주고 있다.
이 작품을 헤밍웨이가 어려운 가운데
사들였다는 에피소드는 널리 알려진
이야기이다.

1921~2년 캔버스 油彩 132×147cm
뉴욕 개인 소장

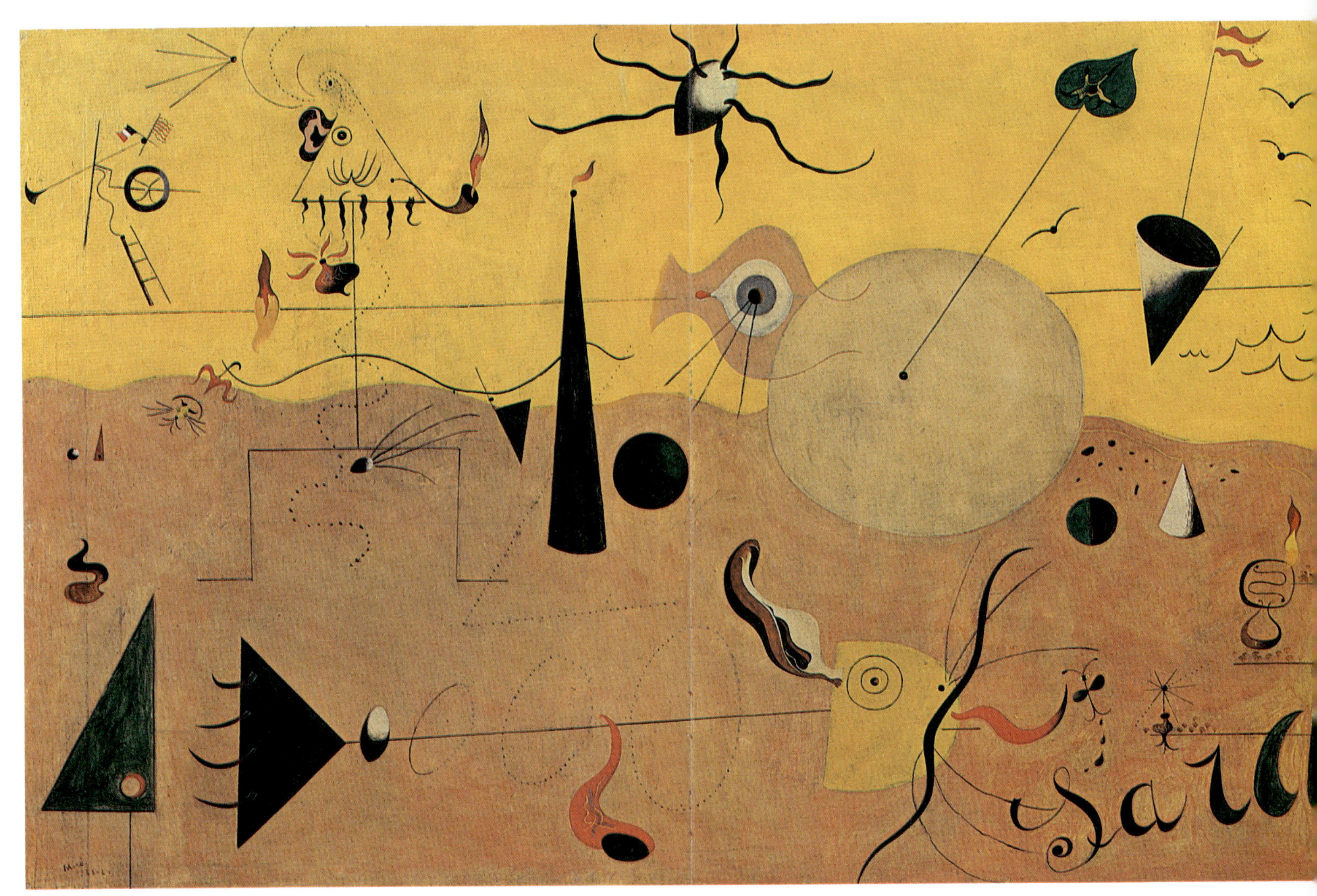

카탈로니아 풍경(사냥꾼)
LE PAYSAGE DE CATALOGNE (LE CHASSEUR)

피레네 산맥 너머 남프랑스와 접근하고 있는 이 지방은 스페인을 대표하는 미로와 달리의 출생지다. 카탈로니아 사람이라 칭할 때 유별나게 독립심이 강하고 또 이곳 특유의 풍토와 환경이 복합되어, 이 두 사람의 반문명적이며 초현실주의자를 낳고 있는 것이다. 같은 카탈로니아 풍경이지만 〈농장〉(P.12)과는 다른 커다란 비약을 엿볼 수 있다. 이 두 그림을 비교해서 볼 때 〈농장〉에서는 눈에 보이는 외부적인 대상에 충실하였다면 〈카탈로니아 풍경〉에서는 흡사 매미가 허물을 벗듯 껍질을 벗어 내던지고 그 이면의 세계를 나타내 보이고 있는 것이다. 여기에서 미로의 시선에 비친 풍경은 엑스선(X線)을 투과한 육체와 같이 변모하고 미로의 내적 환각에 의해서 역조명되고 있다. 귀와 눈이 달린 나무, 카탈로니아 모자를 쓰고 파이프를 문 엽총을 든 농부 등 어느 것이나 그가 말하는 「몽로치적」이다.

1923~4년 캔버스 油彩 64.8×100.4cm
뉴욕 근대 미술관 소장

서커스에서
AU CIRQUE

1925년의 작품으로, 이 시기는 미로의 파리 생활에서 여러 가지 변화를 볼 수 있다. 1924년 미로는 브르통 등 시인들과 함께 초현실주의 운동에 참가하고 있으며, 작품 또한 그 특유의 환상성을 바탕으로 한 단순화가 이루어지고 있다. 형태와 선은 극도로 단순화되면서 추상적인 표현으로 이행하여 간다. 이 시기는 미로의 생활에 있어서 아주 궁핍하여 끼니조차 이어가기 어려웠던 시기이다. 「굶음으로 해서 환각을 나타내었다」라고 그가 말하고 있듯이, 이 작품에서 보여 주고 있는 암울한 분위기는 당시 생활의 일면을 반영하고 있다 하겠다. 단순화된 커다란 손의 형태, 율동을 나타낸 대담한 곡선, 정면을 응시하는 듯한 눈, 간결하고도 단순한 구도는 많은 상상을 불러일으키는 그림으로 유머러스한 매력마저 더해 주고 있다.

1925년 캔버스 油彩 116×89cm
뉴욕 개인 소장

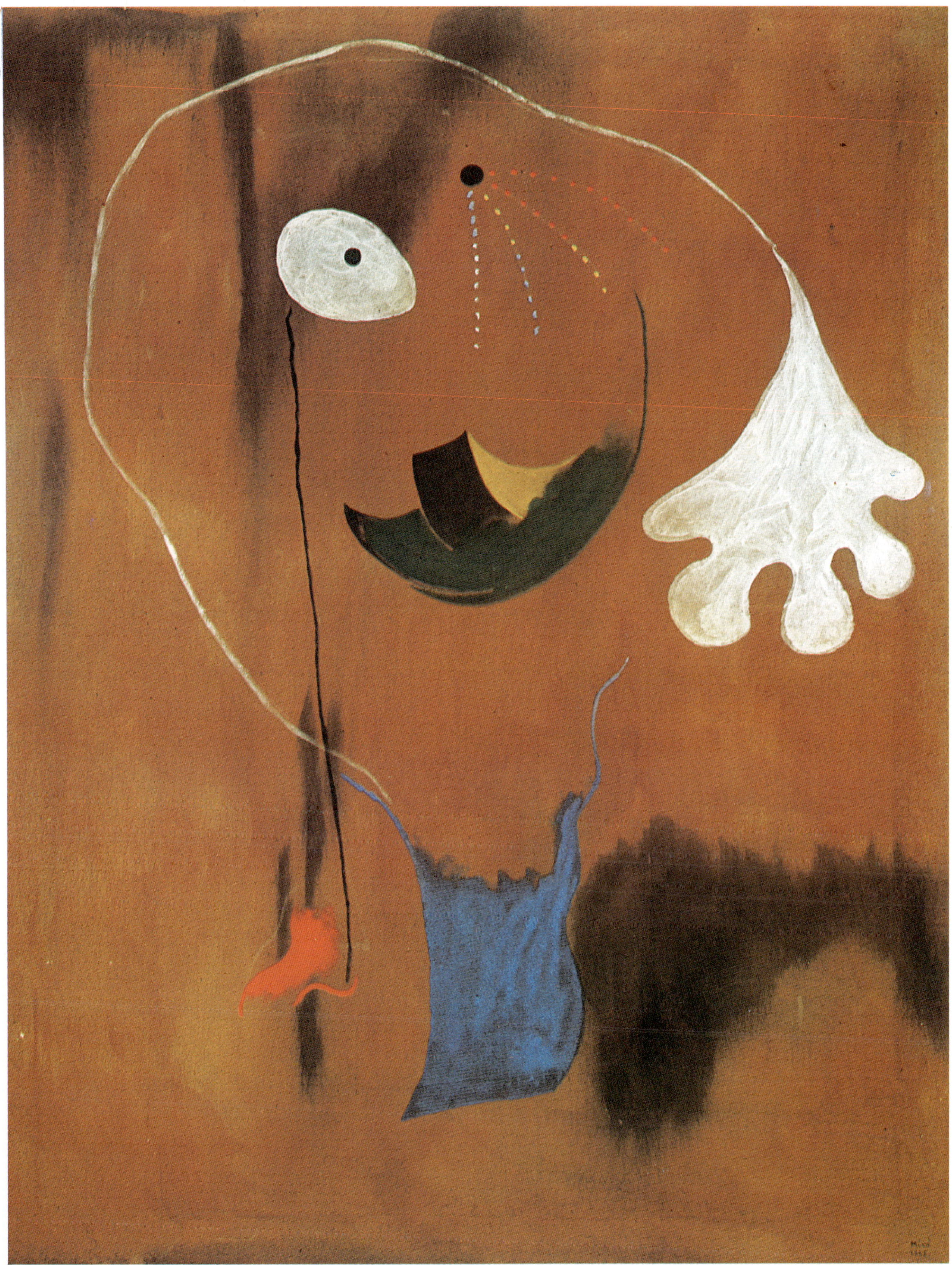

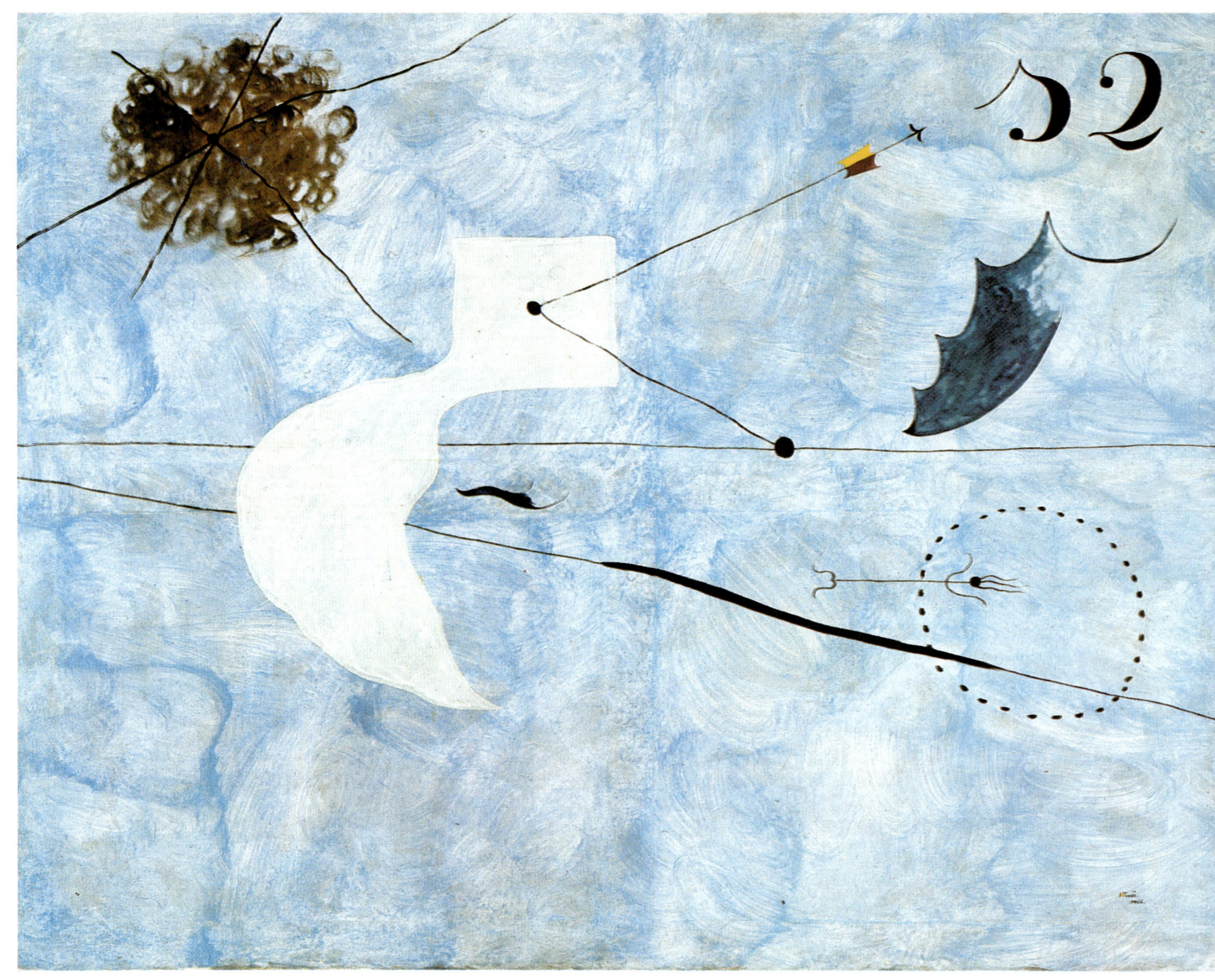

낮잠
LA SIESTE

파리의 피에르 화랑에서 열린 최초의 초현실주의전에 출품하는 등, 미로가 초현실주의 운동에 깊이 관여하고 있던 시기의 일련의 작품이다. 이 작품에서 바탕에 엷으면서도 거칠게 칠해진 푸른색은 바르셀로나의 지중해를 상상케 한다. 실과 같은 인간이 해안에 잠들어 있고, 하얀 유령과도 같은 포름이 숫자 같은 것을 가리키고 있는 광경은 잠깐 눈 붙인 낮잠 속의 꿈이라고 해도 좋다. 오른쪽에 활 모양의 선의 연속에서 몽리치 마을의 환상적인 암산(岩山)이 얼굴을 내밀고 있다. 좌상(左上)의 것은 태양을 나타내고 있지 않나 싶다. 미로가 꿈에서 본 고향의 꿈일 것이다. 누구나 고향을 생각하겠지만, 특히 미로에게 있어서 파리 생활이 어려우면 어려울수록 더욱 마음은 어느덧 젊은 날의 몽리치 마을을 간절하게 찾고 있었는지도 모른다.

1925년 캔버스 油彩 97×146cm
파리 개인 소장

누드
NU

누드라고 말하나 하얀 인어와 같은 입상(立像)이다. (이 시기의 미로의 인물은 대체로 하얀 포름으로 나타내고 있는 것이 특징이다.) 종횡의 점선은 조형적인 요소로 있는 것과 동시에 누드의 해부를 나타내고 있는 듯하다. 우측 빨간 공은 심장이나 어쩌면 유방을 상징하고 있는 듯하고, 녹색의 그늘진 계란형으로 생긴 머리 부분에서 눈은 아름다운 단추로, 나부끼는 깃발처럼 보이는 것은 모발을 나타내고 있다. 치부인 듯한 위치에는 빨간 반점이 있는 나무 잎사귀가 돋아나 있고, 이것은 자궁을 상징하는 듯싶다. 좌측의 양파 모양 같은 것은 또 무엇을 말하고 있을까? 인간을 물고기나 야채나 과일 등으로 구성하고 있는 것이 여러 가지로 상상을 불러 일으키게 하는 요소이기도 하다. 참으로 유머러스한 매력을 느끼게 한다.

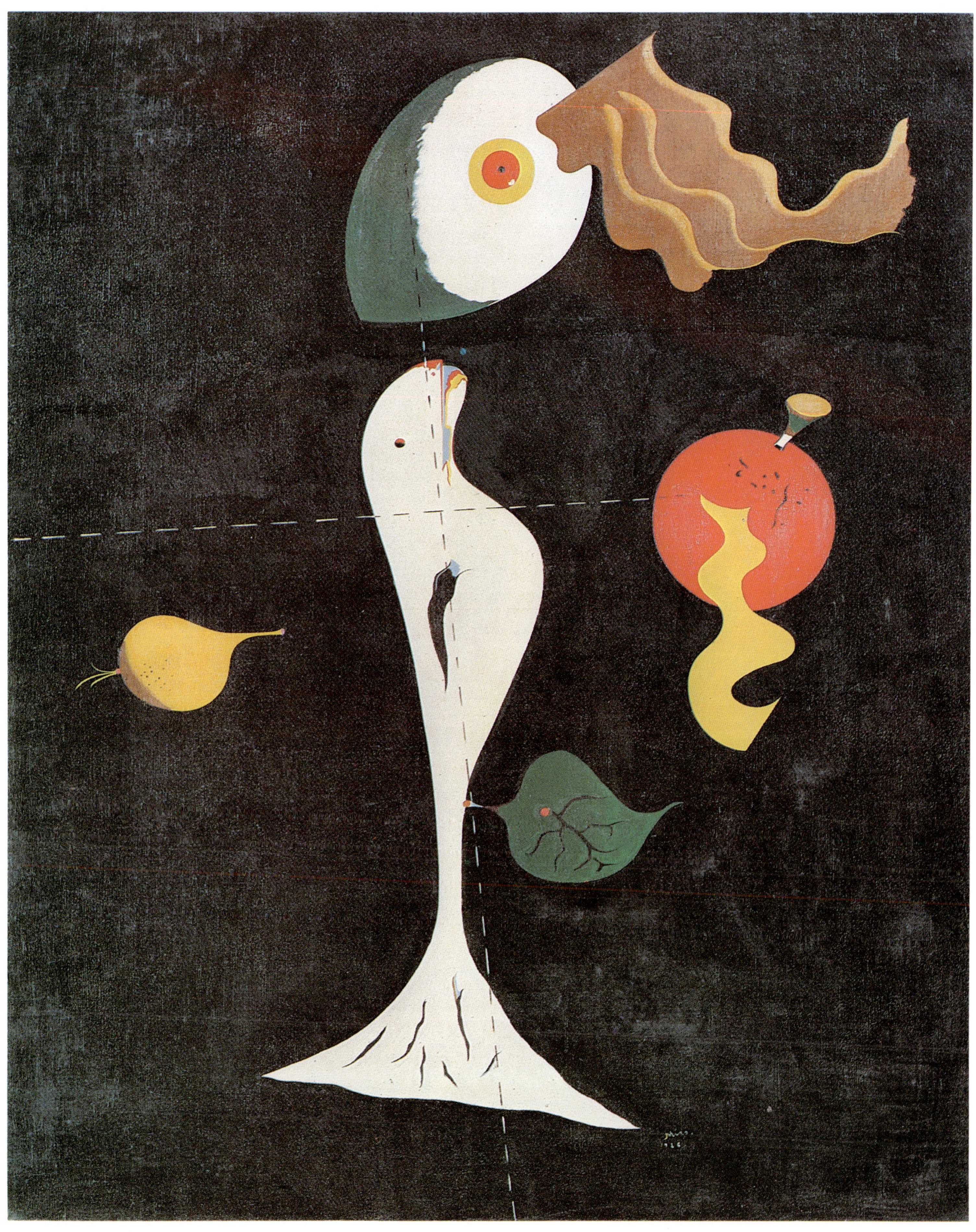

1926년 캔버스 油彩 92×73cm
필라델피아 미술관 소장

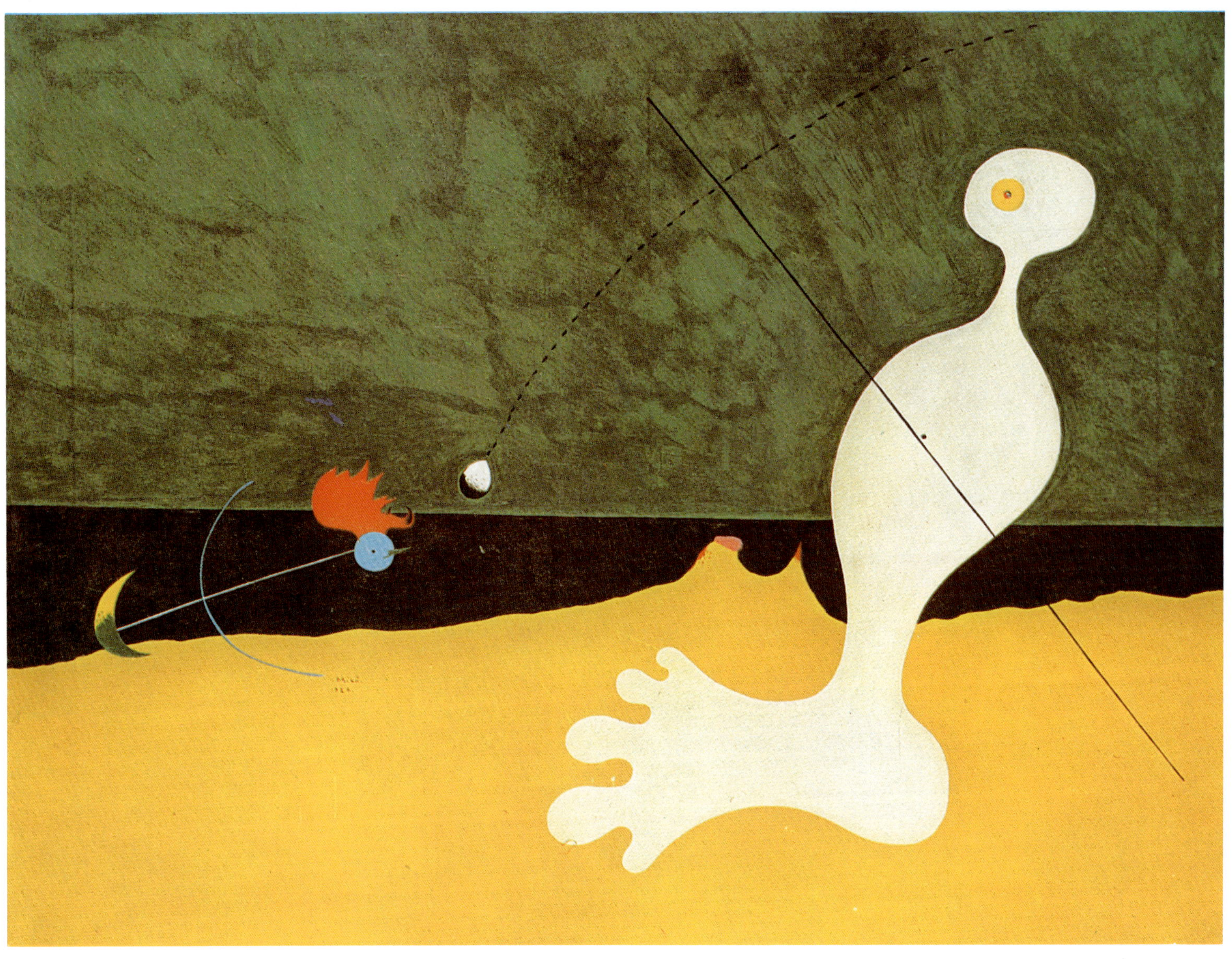

새에 돌을 던지는 사람
HOMME JETANT LA PIERRE À L'OISEAU

1926년의 여름에서 다음 해인 1927년에 걸쳐 미로는 몽리치에 돌아와 카탈로니아의 자연 속에 파묻혀 거기에서 전개되는 환상의 광경이랄지, 좌우간 카탈로니아의 자연과 미로의 꿈이 여기에서 또 한번 새롭게 융합되어 일련의 꿈의 풍경 시리즈를 그리고 있다. 〈새에 돌을 던지는 사람〉은 이 꿈의 풍경의 비교적 초기에 해당하는 작품이다. 거대한 발을 가진 사나이(이 발은 미로가 대지와의 연계성을 잃지 않았다는 것을 상징적으로 나타낸 것임)가 단순화되어진 새에 하얀 돌을 던지고 있다. 혹과 같은 육지의 두 개의 돌출부는 빨갛게 칠해져 있는 데서도 알 수 있듯이, 몽리치의 바위를 나타내고 있는 듯하다. 남자의 손은 하나의 선으로 되어 돌이 날아간 흔적이 하늘을 깁고 있다. 미로는 도시의 밀실적인 환각과 대자연에 묻혀서 보는 꿈과의 두 개의 세계를 왕복하고 있다.

1926년 캔버스 油彩 73×92cm
뉴욕 근대 미술관 소장

세 사람의 인물
TROIS PERSONNAGES (FRATELLINI)

푸라테리니라고 하는 이탈리아 출신으로서 당시 파리를 중심으로 유럽 각지에서 인기가 높았던 도화사(道化師) 삼 형제를 모델로 한 작품이다. 눈, 코, 입으로 환원되어진 세 사람의 인물, 코가 유달리 크며 어딘지 코믹한 느낌이 전체에 풍기는 작품이다. 그것은 최소한의 선이나 추상적인 포름에서 연상되는지도 모른다. 유달리 질푸른 바탕의 청색은 6, 7월의 태양을 마음껏 흡입한 지중해의 파도를 연상케 하며, 물체의 온갖 형체를 파도가 집어 삼켜 버린 후에 나머지가 물 위에 둥둥 떠다니는 것과 같은 느낌이다. 여기에서 미로는 포름을, 완전히 구체적인 것도 아니며, 그렇다고 완전히 추상적인 것도 아닌, 오늘날적인 표현 요소에 접근하고 있는 점이 특히 눈에 뜨인다. 이런 점으로 보아서도 미로가 현대 미술에 끼친 영향이 크다는 것을 알 수 있다.

1927년 캔버스 油彩 130×95cm
필라델피아 미술관 소장

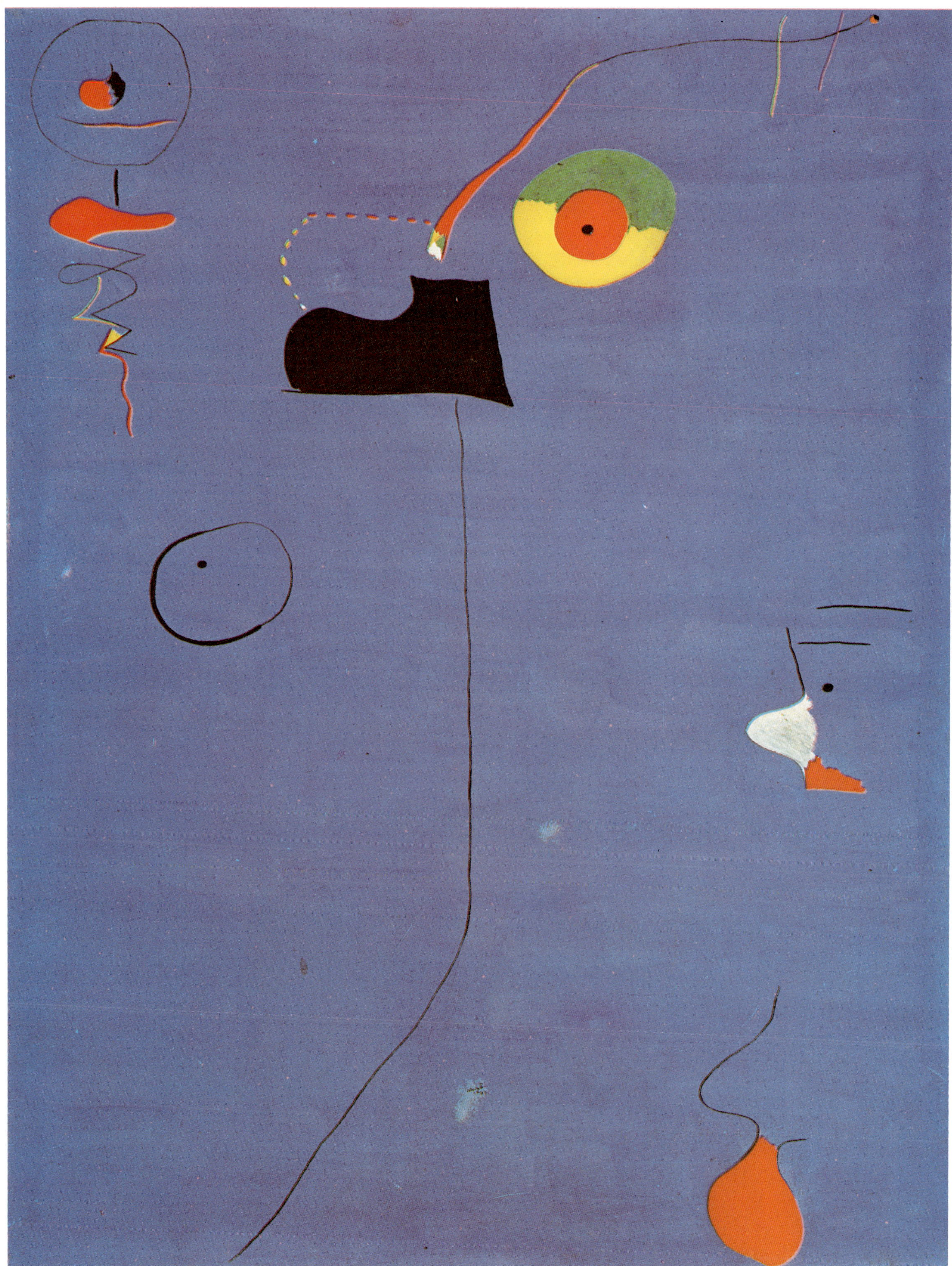

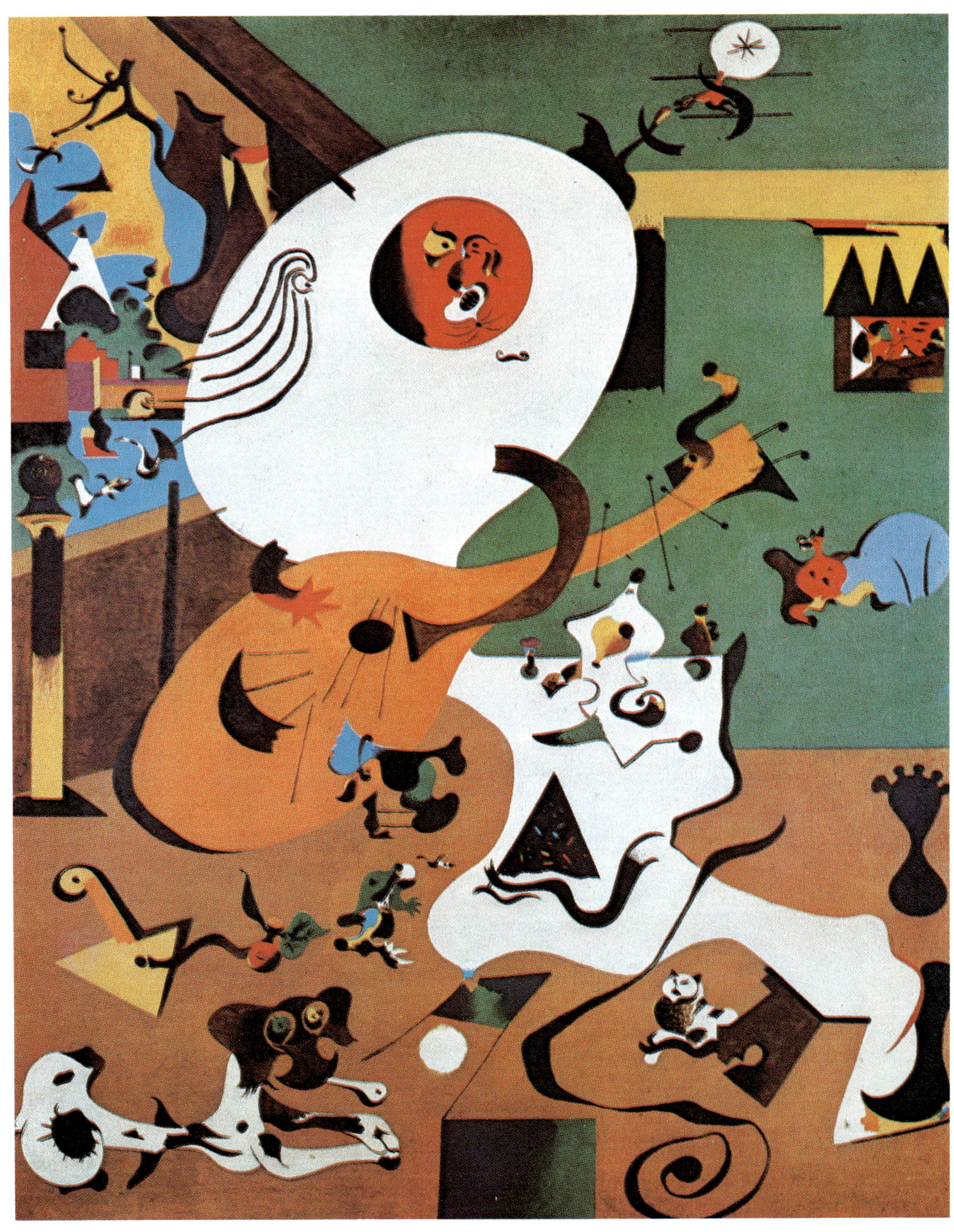

네덜란드의 실내 I INTÉRIEUR HOLLANDAISI

1928년 캔버스 油彩 92×73cm
뉴욕 근대미술관 소장

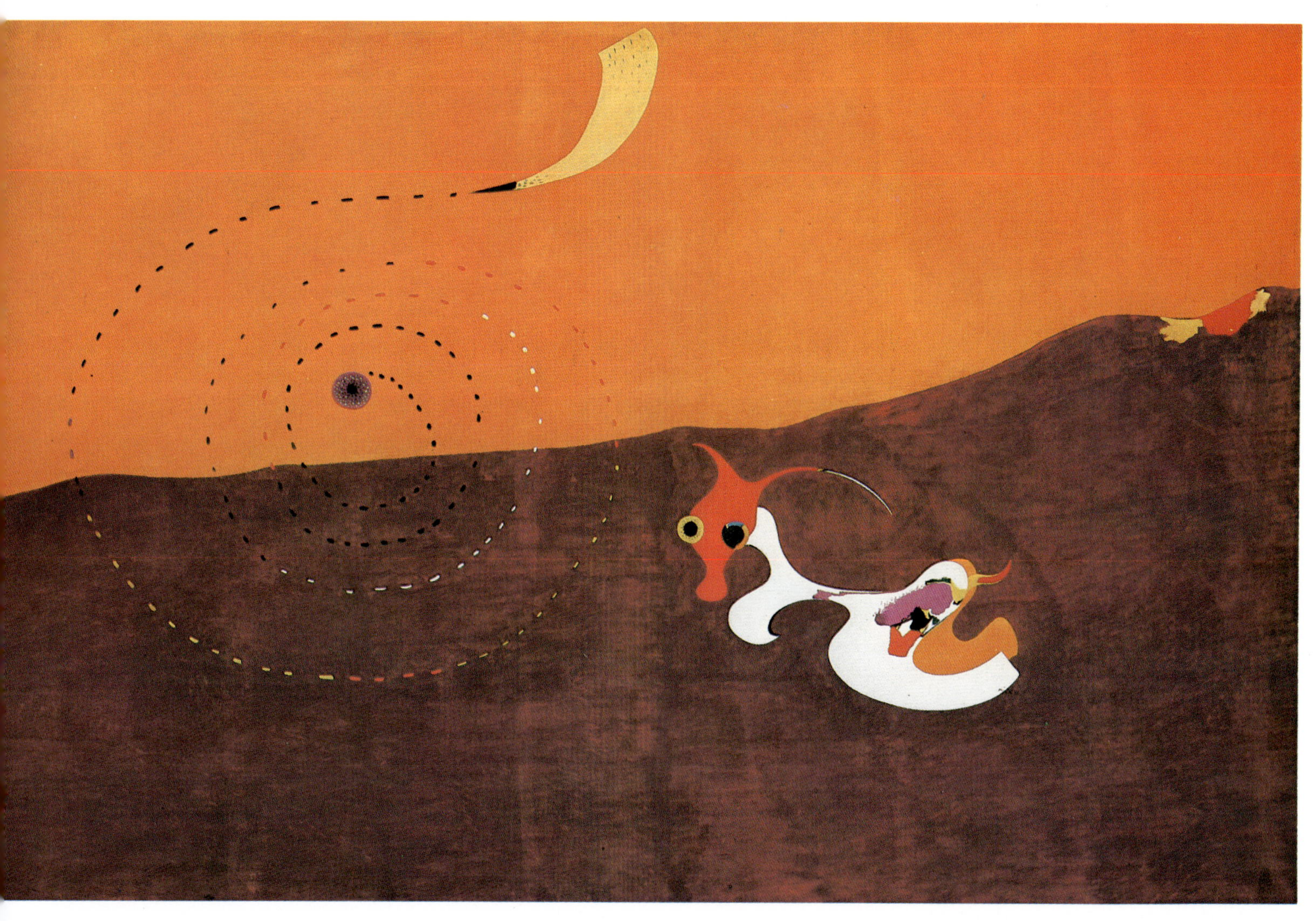

풍경 (산토끼)
PAYSAGE (DIT LE LIEVRE)

　〈새에 돌을 던지는 사람〉(P.54) 등과 비슷한
계열에 속하는 작품으로, 화면을 대담하게
양분하여 오렌지색의 하늘과 포도주색을
지면으로 한 독특한 구도이다. 무대는
대부분의 경우 대자연이나 광막한 우주를
나타내고 있다. 이 시기에 미로의 작품에
등장되는 주된 주인공은 동물로서 토끼, 닭,
새, 뱀, 밀, 새 등 다양하다. 화폭 중앙의
점선으로 되어 있는 부분은 하늘과 땅이
겹치는 지평선을 중심으로, 꼬리를 길게
나선형을 그으면서 떨어지고 있는 혜성을
나타내고 있는 듯싶다. 혜성을 바라보는
토끼의 눈알이 빙빙 돌면서 현기증을
느끼는 듯한 표정이야말로 유머러스하며,
웃음을 절로 자아내게 한다. 작품은 많은
이야기를 담고 있으면서도 그것이 극도로
요약된 상태의 문학적 테마를 무리없이
소화시키고 있는 듯한 느낌마저 들게 한다.

　1927년 캔버스 油彩 130×195cm
　뉴욕 구겐하임 미술관 소장

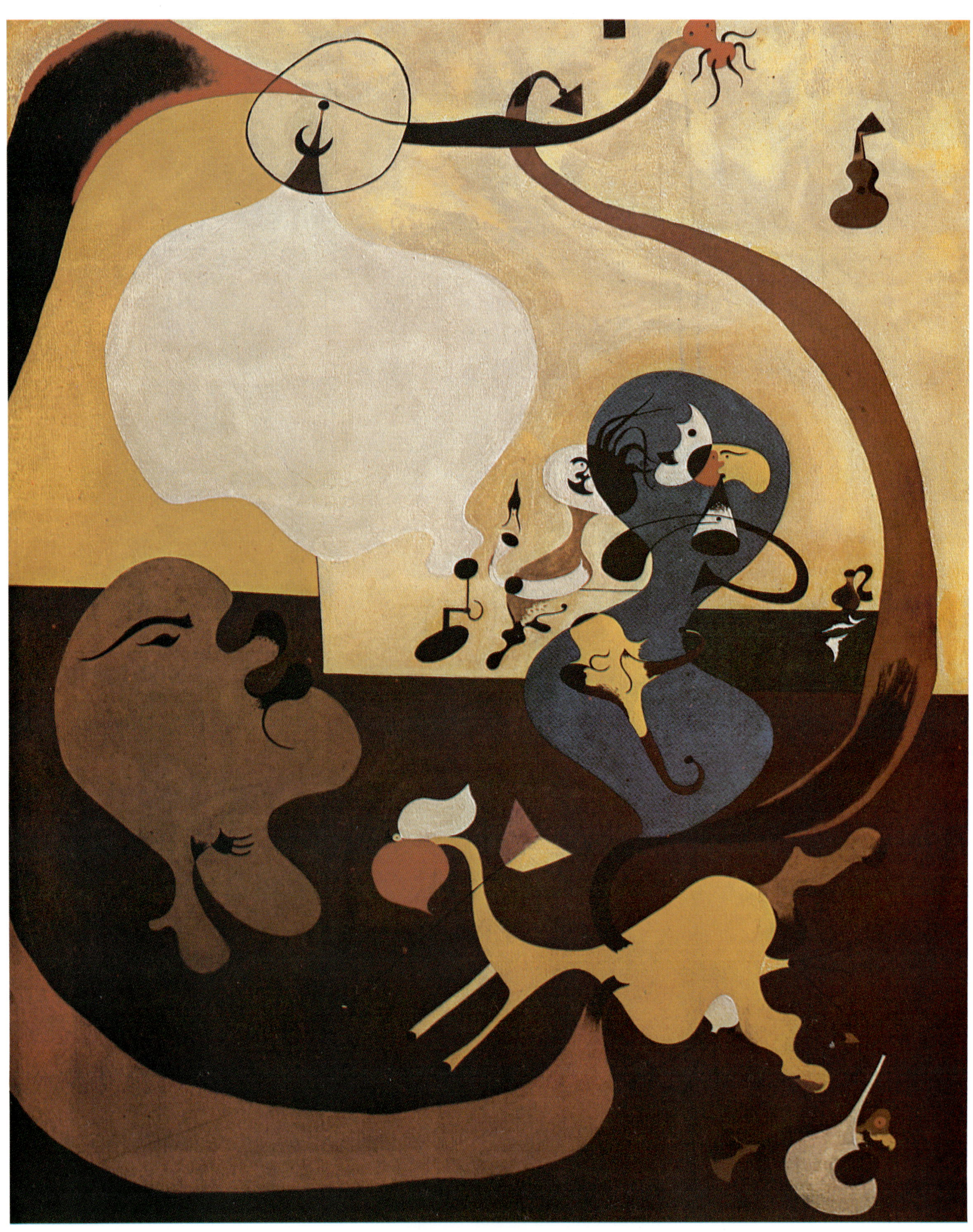

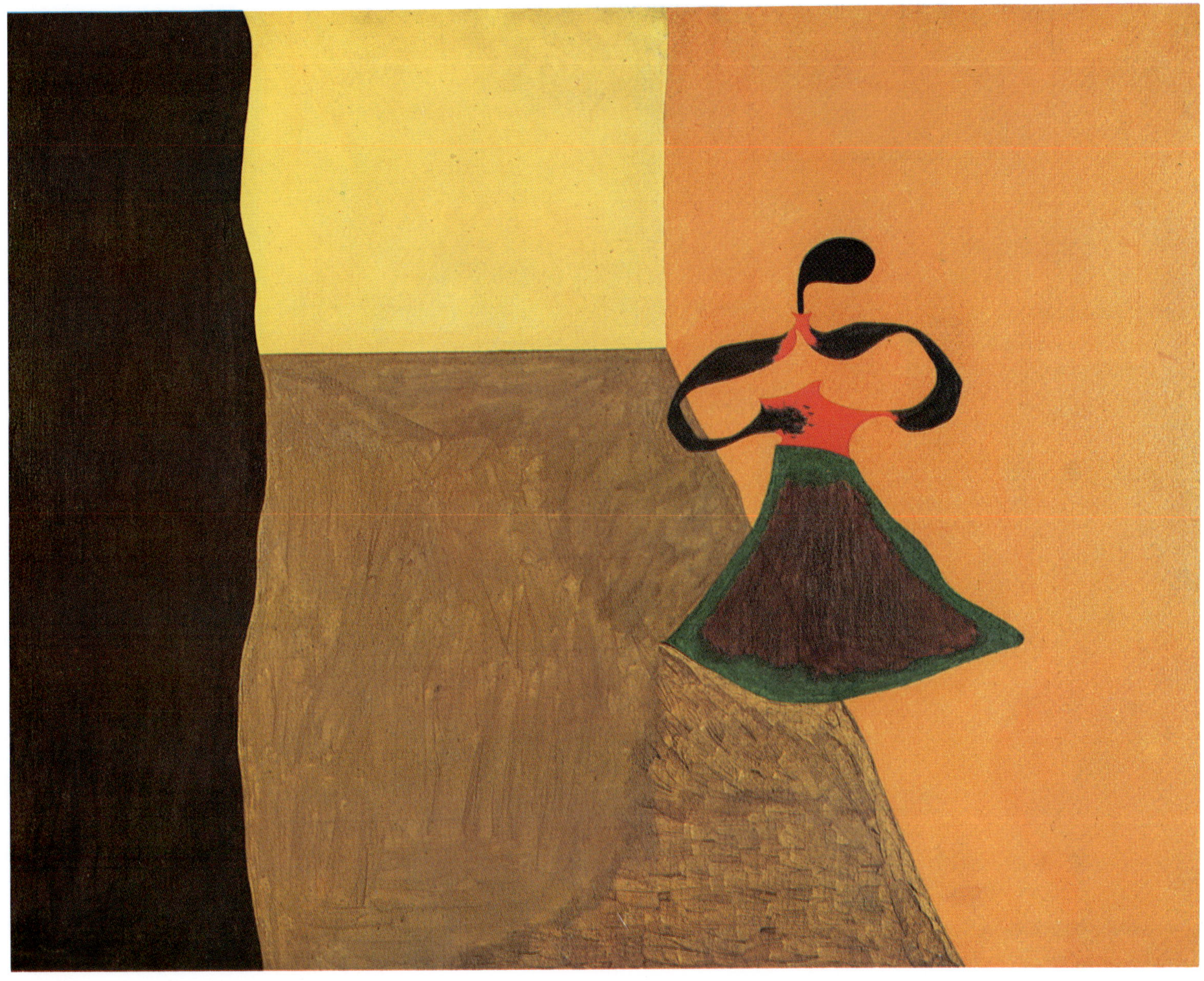

네덜란드의 실내 II
INTÉRIEUR HOLLANDAIS II

　미로는 1928년 봄 2주간에 걸쳐
네덜란드에 여행했다. 여기에서 각지의
미술관을 두루 돌아볼 기회를 가졌다. 특히
그에게 흥미를 갖게 한 것은 페르메르를
위시한 17 세기의 화가들로서, 손에 와 닿을
듯하게 친밀하게 그려진 실내화들이었다.
그 그림엽서들을 사 가지고 와서 그것을
가지고 그린 그림이 이 〈네덜란드의
실내〉이다. 이 작품은 3 장의 연작 중
두번째의 그림이다. 카탈로니아의 〈꿈의
풍경〉의 연작 다음의 것으로, 이것을
네덜란드의 〈꿈의 실내〉라고도 할 수
있겠다. 〈새에 돌을 던지는 사람〉(P.54)
등이 카탈로니아의 작열하는 태양 밑에서
전개되는 환상의 그림들이었다면, 이것은
네덜란드의 부드러운 광선이 스며드는
따뜻함을 느끼게 하는 실내화이다.

　1928년 캔버스 油彩 92×73cm
베네치아 페기 구겐하임 재단 소장

프러시아의 루이즈 왕비
LA REINE LOUISE DE PRUSSE

　1929년의 전반에 미로는 〈상상 상(想像上)의
초상화〉 시리즈를 그렸다. 이 시리즈는
〈네덜란드의 실내〉(P.26) 시리즈의 연장이라고도
말할 수 있다. 여기에서 보다 명확하게
미로 스타일을 형성해 가고 있는 것이다.
콘스터블, 라파엘로, 앵그르 등의 초상화를
바탕으로 유머와 에로스를 가미한
개작(改作)인 것이다. 이 〈프러시아의
루이즈 왕비〉도 그 하나이다. 발상은 자동차
디젤 엔진의 포스터에 있는 모터
사진으로서, 그것을 바탕으로 많은 대상을
하였다. 재미있는 것은 최초의 구상은
파리의 지하철 승차표에 그려졌고, 모터가
어느새 여자로 변하고 있는 점이다. 바탕
부분의 대담하게 분할된 면 처리는 이 시기의
미로 화면의 특징이기도 하며, 색종이로
오려 붙인 듯한 인물 처리에서 미로 특유의
유머러스한 일면을 볼 수 있다.

　1929년 캔버스 油彩 81×100cm
뉴욕 피에르 마티스 갤러리 소장

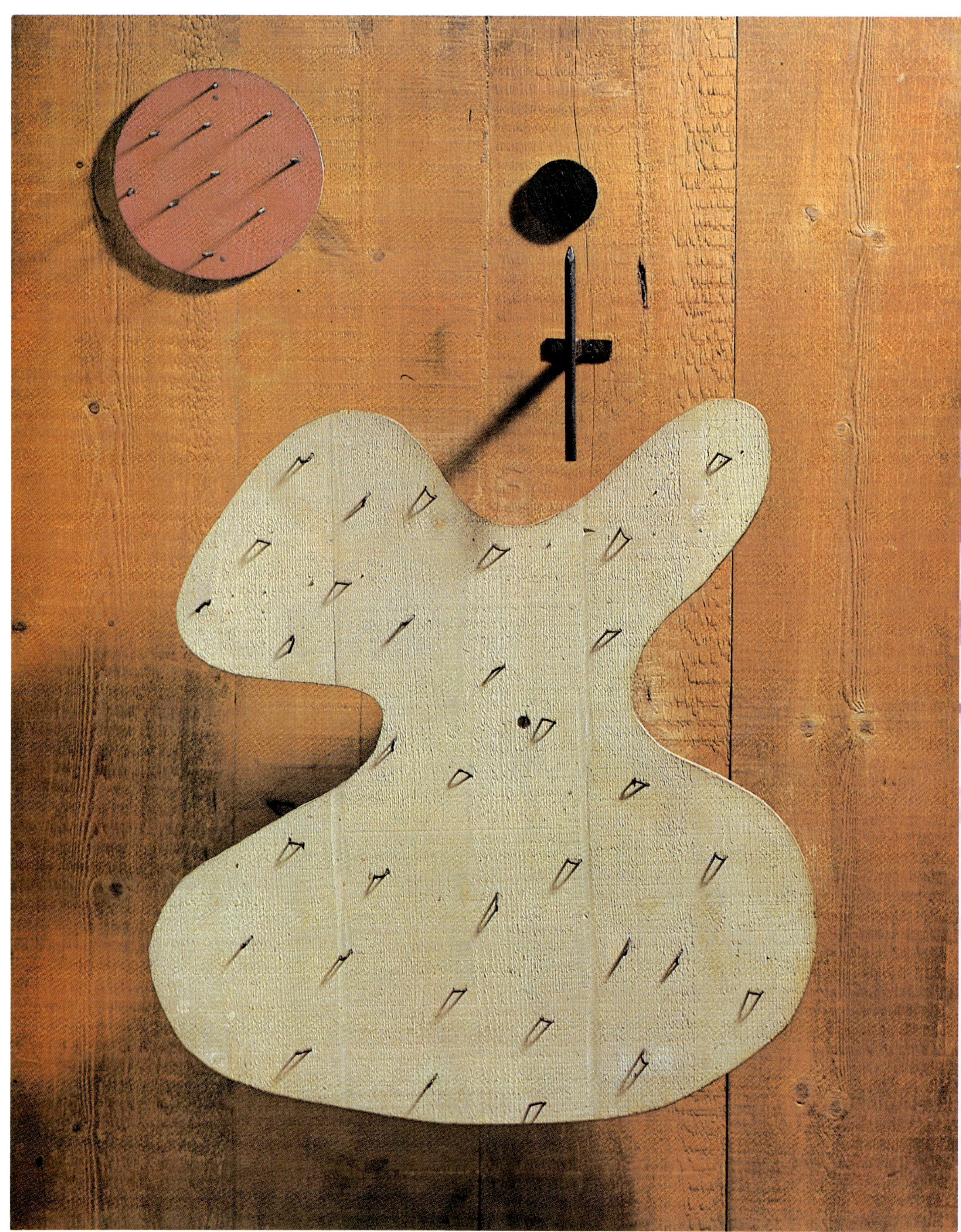

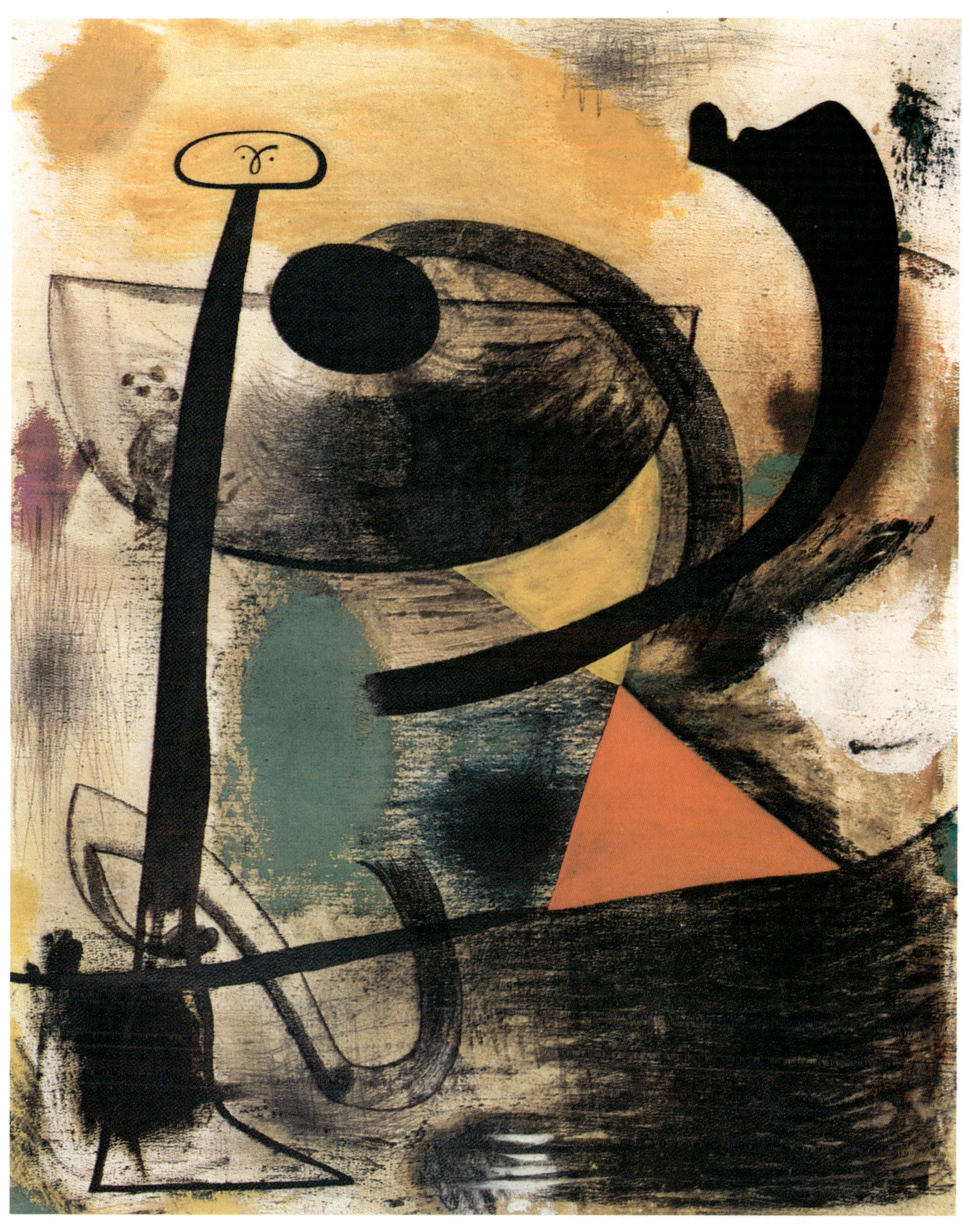

두 댄서
LES DEUX DANSEUSES

이 작품에서 미로는 자유로움을 만끽하고
있는 듯한 느낌을 준다. 캔버스 위에 유채,
물감, 괏슈, 연필 등 다양한 표현 재료를
자유롭게 쓰고 있다. 미로에 있어서 포름의
처리는 대체로 윤곽을 명확하게 그리거나,
아니면 모노크롬으로 칠해서 면을 메우는
것으로 되어 있었으나, 여기에서는 중앙의
커다란 부분이 가벼운 데상을 하듯이
대담하게 처리되고 있는 점이 미로로서는

희귀하다. 마치 동양화의 묵화를 연상케
하면서 속도감 있는 필력에서 그가 지금까지
보여준 것과는 다르다고 하겠다. 춤추는
두 사람의 형태를 직선과 곡선으로,
운필(運筆)의 속도에서 강한 운동감을
나타내고 있다. 인물의 얼굴을 나타내고 있는
원과 우측의 빨갛게 단면으로 칠해진
삼각형은 은밀하게 계산되어져 견실한
구도를 말해 주고 있다.

1931년 캔버스 油彩 괏슈, 연필 91×72cm
파리 개인 소장

콘스트럭션
CONSTRUCTION

1930년 나무, 금속 91×70cm
뉴욕 근대 미술관 소장

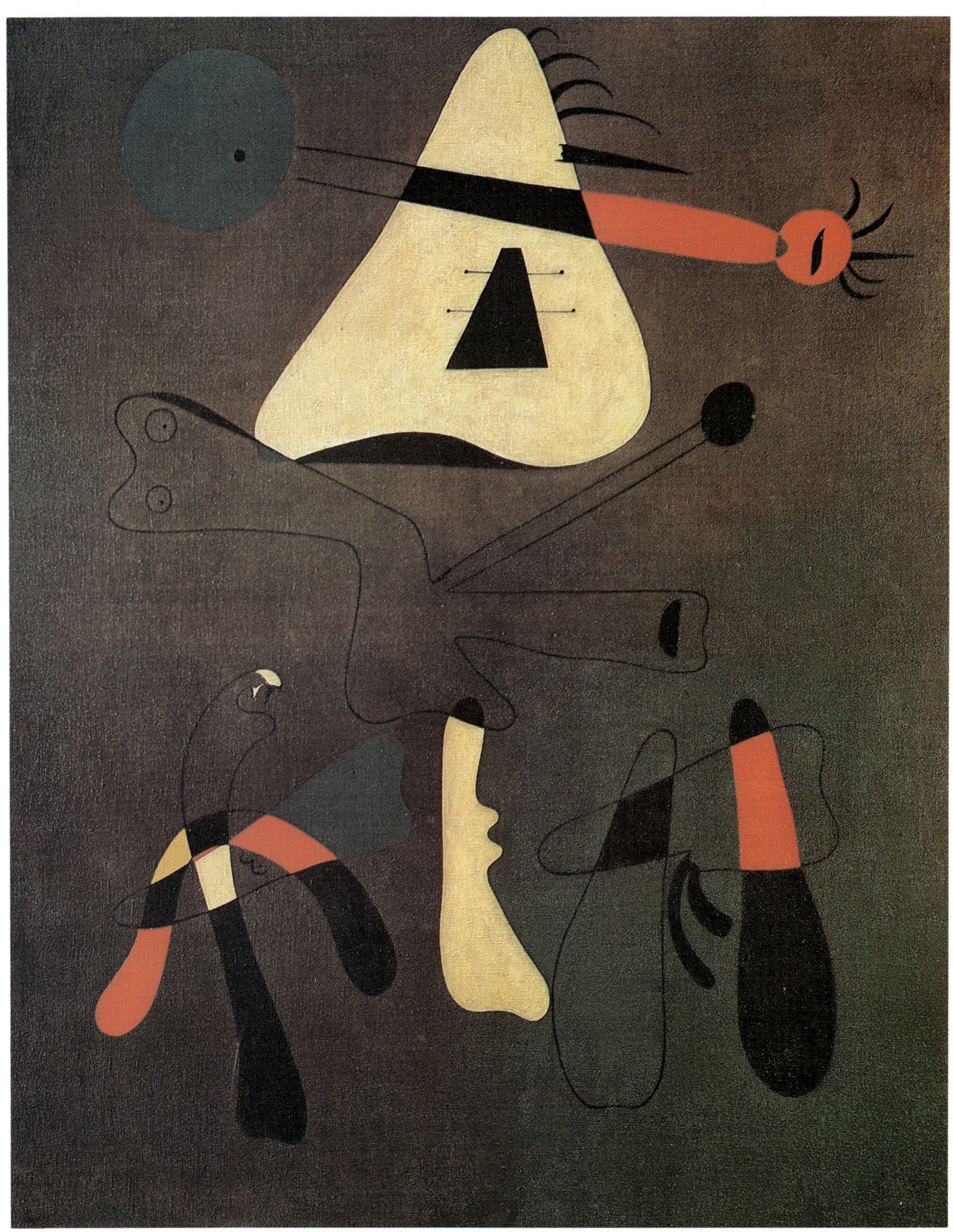

회화
PEINTURE

미로는 1933년에 「회화」라는 명제로
이와 같은 유(類)의 작품 18점을 그렸다.
음악적인 황홀 상태를 느끼게 하는 우아한
배경의 색채와 명확하게 그려진 포름을
이 작품에서 볼 수 있다. 칠해서 메워진
이미지와 윤곽뿐인 이미지가 서로 조화를
이루면서, 마치 음과 양이 잘 호응하고 있는
것과도 같다. 이러한 포름은 꼴라쥬에서
온 것으로, 작품 구상의 과정을 보면 기계
부품의 조그마한 사진들을 아무렇게나
종이에 붙여서 그것을 미로 특유의
「생리 형태적」인 포름으로 변형시킨 것이라
한다. 마치 현미경을 들여다보느라면
아메바가 증식하는 과정에서 늘어났다,
줄어들었다 하는 움직임을 설명하고 있는
듯한 느낌이다.
　이것을 이름붙여 「생리 형태적」이라는
새로운 용어를 만들어 내고 있다.

　1933년 캔버스 油彩 146×114cm
　뉴욕 펄스 갤러리 소장

회화
PEINTURE

　1934년경, 두꺼운 마분지, 메소나이트,
동판 등의 재질을 사용하여 세자된
작품들이 많다. 1933년을 중심으로
꼴라쥬나 오브제 조각 등 다양한 작품을
하고 있으며, 이깃도 그 연장으로 볼 수
있다. 이것은 샌드페이퍼 위에 하얀
종이를 잘라낸 깃을 꼴라쥬하고 있고,
다른 부분은 유화 물감으로 포름을 그려
넣은 것으로서 「회화 꼴라쥬(Peinture
Collage)」라 불리는 경향의 일종이다.
샌드페이퍼의 꺼칠꺼칠한 표면에 종이의
흰색이 두드러져 보인다. 아무런 제약 없이
그려 넣은 여자나 새의 포름은 고대 동굴의
벽에 각(刻)해진 그림과 같은 치졸한
감마저 들게 한다. 뱀과 같은 형태의 잘라
붙인 부분도 자세히 들여다보면 여체의
변형으로 보여진다. 여기에서도 고향
몽리치의 토양의 소리가 숨쉬는 듯하며,
모래를 쓸고 가는 파도의 노래가 들리는
듯하다.

　1934년 샌드페이퍼, 꼴라쥬 37×24cm
　필라델피아 미술관 소장

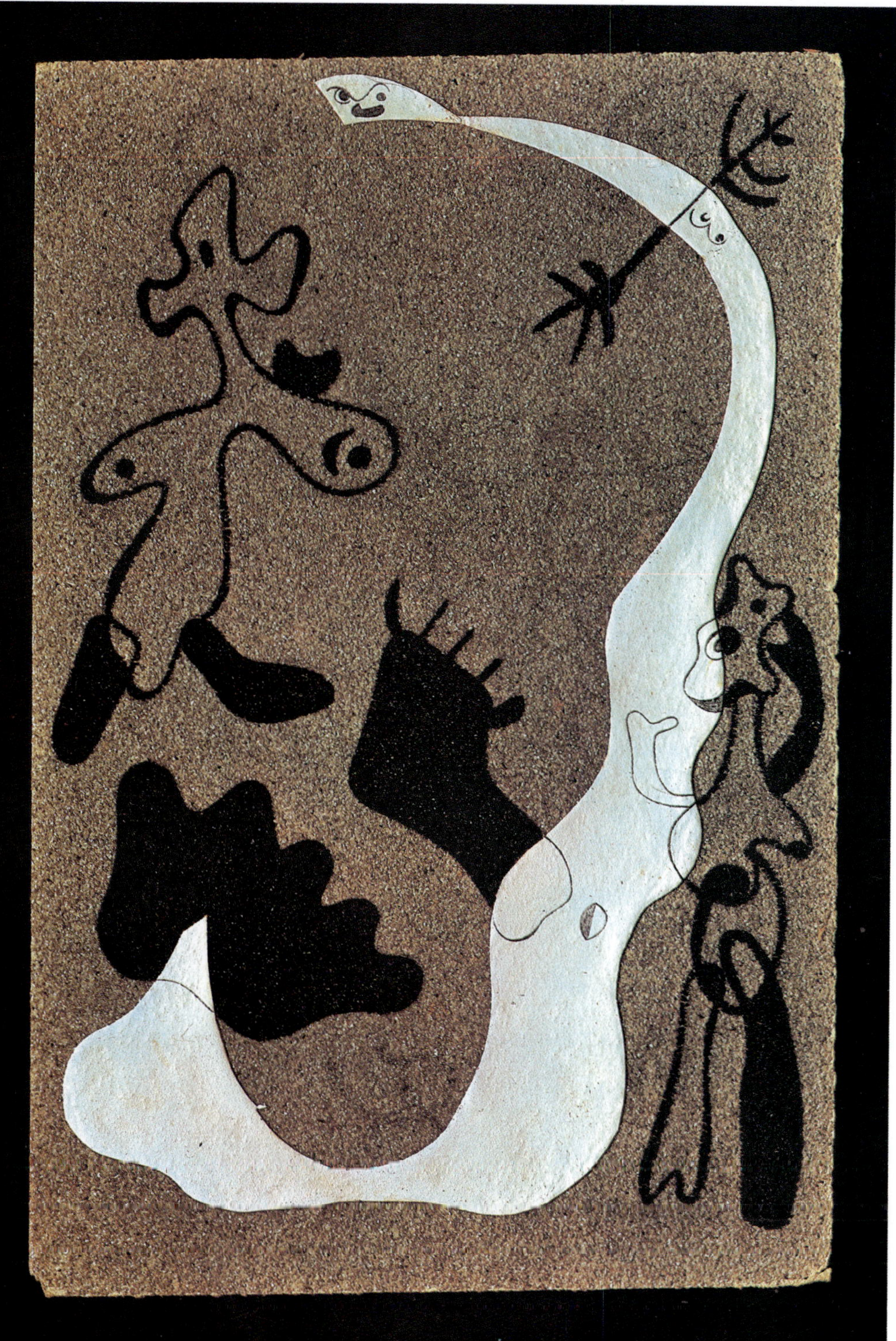

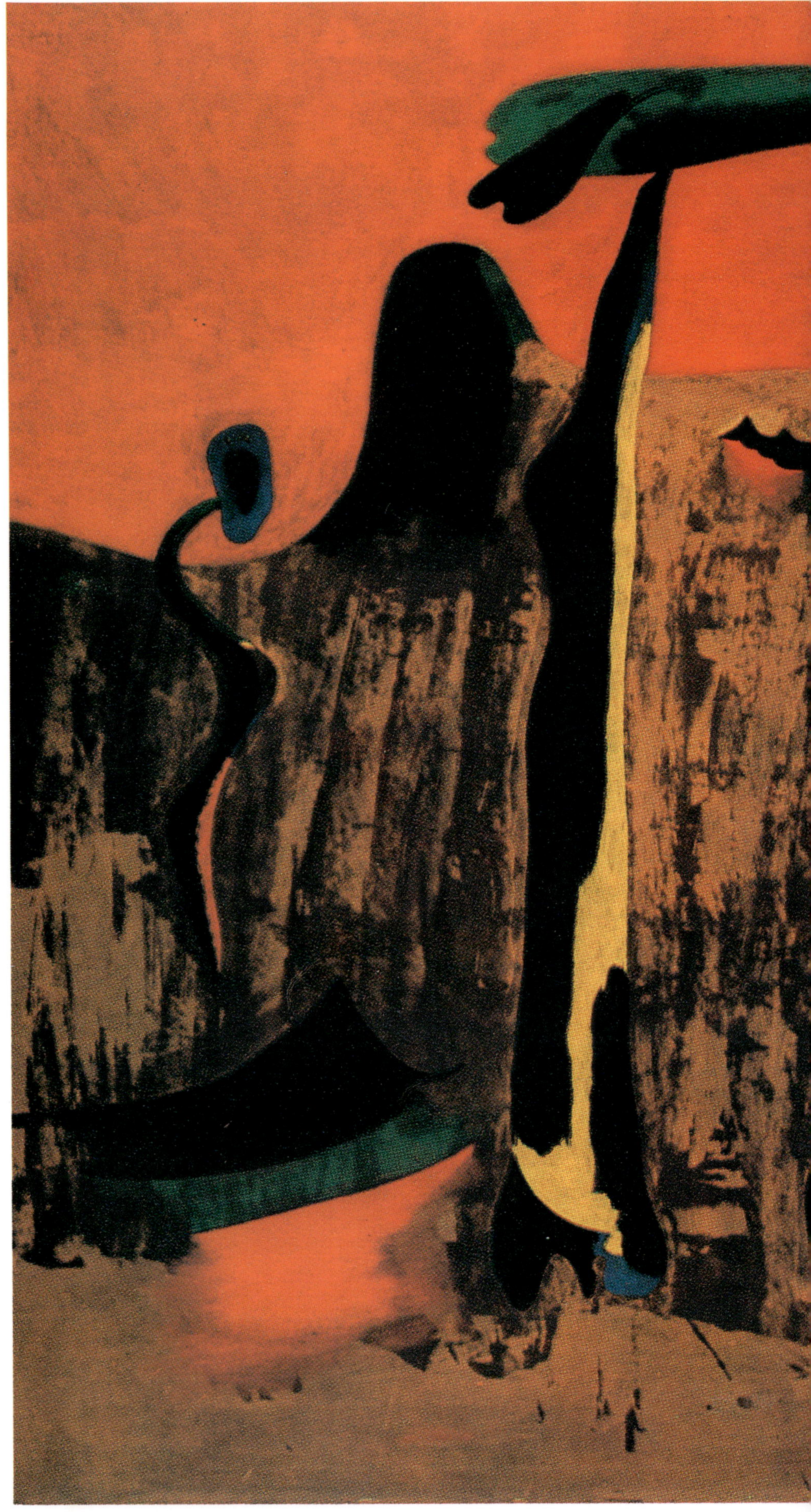

자연을 앞에 한 사람들
PERSONNAGES DEVANT LA NATURE

1934년경부터 41년에 걸쳐 미로의
작품에 어두운 그림자와 불길한 예감이
함께 나타나고 있다. 그것은 1936년부터
40년까지 계속된 고국 스페인의 내란이
미로를 불안에 빠뜨려, 그 결과 밝은 하늘과
바다가 어두운 그림자를 드리우고, 인간이나
동물이나 물체가 기괴한 모습으로
탈바꿈하고 있다. 「잔혹한 변모」라고 이름
붙여진 시기도 이때를 말한다. 핏빛으로
칠해진 하늘, 녹색의 괴물과 같은 이를
드러낸 산양(山羊)이 어슬렁거리고,
우측의 개 또한 세기 전의 괴물과 같은
표정이다. 개의 아래쪽에 긴 코를 가진
인간이 커다란 자연을 앞에 하여 초라하고
왜소하기 이를 데 없다. 대담한 원색으로
평탄하게 칠해진 면과 거칠게 처리된
마티에르와의 대비에 의해 위기감을
고조시키고 있다.

1935년 厚紙 油彩 75×100cm
필라델피아 미술관 소장

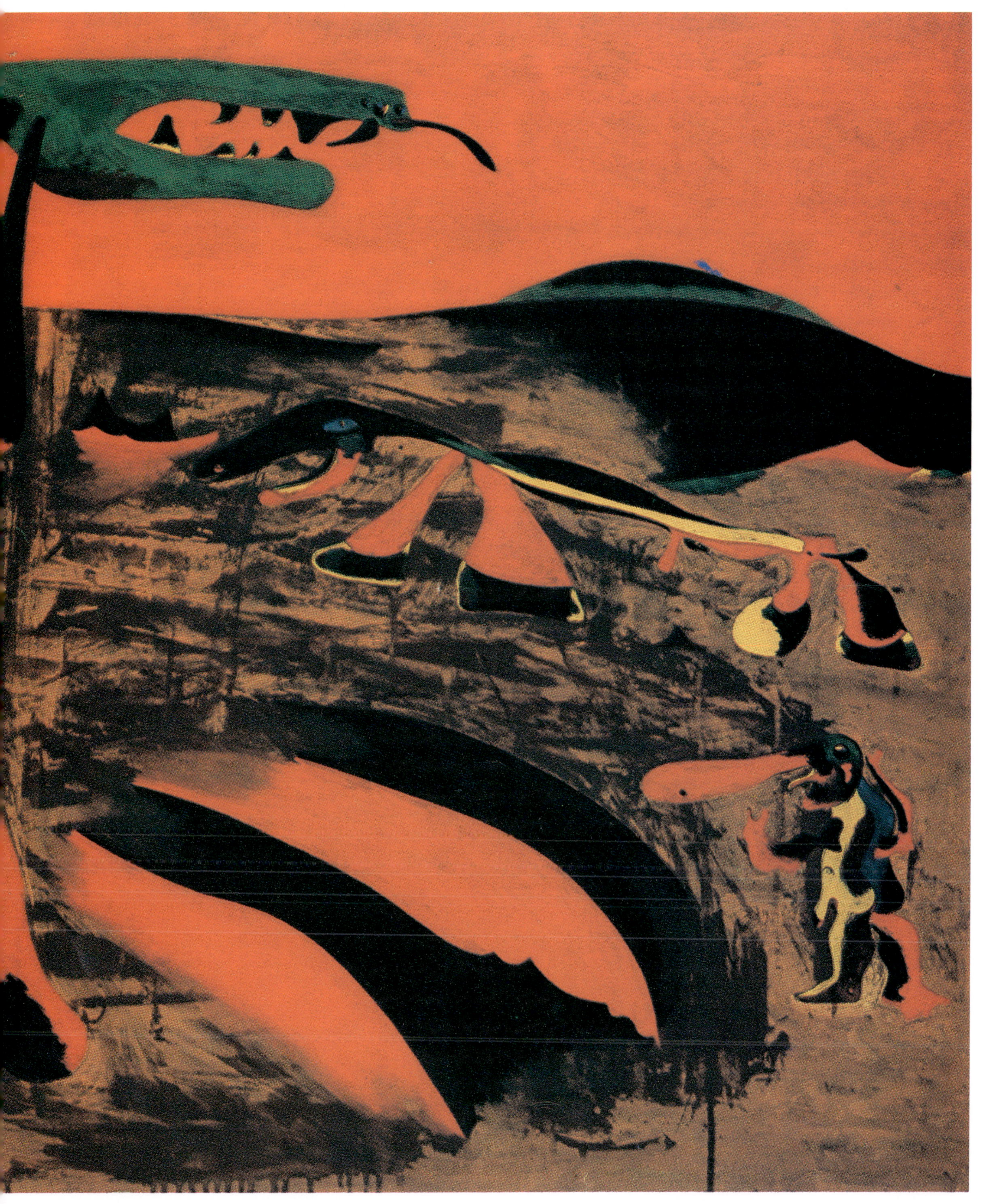

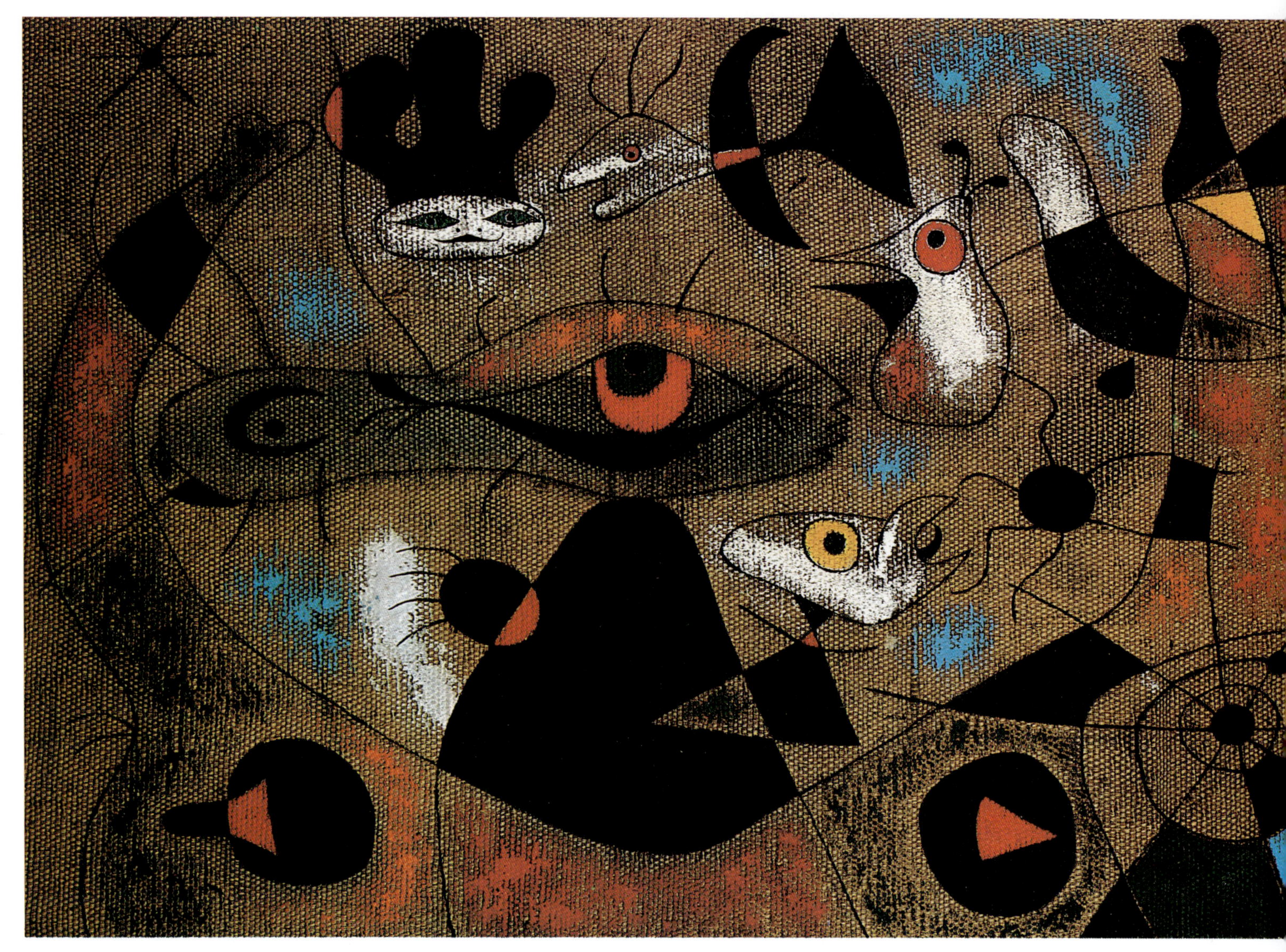

새의 날개에서 떨어진 한 방울의 이슬이 거미줄 그늘에서 잠자는 로잘리의 눈을 뜨게 한다

UNE GOUTTE DE ROSÉE TOMBANT DE
L'AILE D'UN OISEAU RÉVEILLE ROSALIE
ENDORMIE À L'OMBRE D'UNE TOILE
D'ARAIGNÉE

1939년 7월, 미로는 다시 노르망디에
가서 다음 해 5월까지 체재하면서 정치적인
제작 활동을 계속한다. 그 가운데 10매
가까운 올이 굵은 마포(麻布)에 그린
작품이 있다. 이것도 그 가운데 한 점이다.
우선 길게 붙여진 명제에서 초현실주의
시를 읽는 것과 같은 느낌이 든다.
꺼칠꺼칠한 마포에 그림으로써 선은 더욱
힘차게 나타나고, 칠해진 색은 화면에
차분히 밀착됨으로써 심도(深度)를 더해
주고 있다. 평소 그가 즐겨 그리던 동물이
기호화(記號化)되고, 그 특유의 포름으로
나타나 화면 전체를 꽉 메우고 있는 것이
퍽 이채롭다. 미로가 노르망디 해변의
조그마한 마을에 머물면서 성숙됨을 보여
준다. 표현에 있어서 선이나 색채는
힘차고 명쾌함을 더해 갔던 것이다. 이러한
요소가 그 후에 나타나기 시작한 〈성좌〉
시리즈를 이루는 결정이라 하겠다.

1939년 캔버스 油彩 65×92cm
아이오와 대학 소장

스페인을 구하자
AIDEZ L'ESPAGNE

스페인 내란(1936년)에 게르니카 마을이
폭격되었다는 뉴스에 접한 피카소는
분격하고, 고국에 대한 애정을 누를 길
없어 화폭에 담은 것이 저 유명한
〈게르니카〉이다. 〈스페인을 구하자〉는
미로의 컬러 스텐슬에 의한 포스터이다.
의연금 모집을 위해 제작된 것으로서,
노동자가 주먹을 굳게 쥐고 눈을
부라리면서 무언가 큰 소리로 호소하고
있는 듯한 인물은 치졸한 듯 거칠게 그려져
있다. 정치적인 자세를 직접적으로
나타내지 않았던 미로로서는 진귀한
정치적 참가의 작품이다. 포스터의
아랫부분에 다음과 같이 씌어져 있다.
「현재의 싸움에 있어서 나는 프랑코측의
시대 착오적인 폭력을, 반대측에는
창조적이지 못한 원동력을 갖고 스페인을
격동 속으로 몰아가는 인민을 본다.
그 힘(暴力)은 세계를 놀라게 하고 있다.」

1937년 채색 인쇄 포스터 24.8×19.4cm
뉴욕 근대 미술관 소장

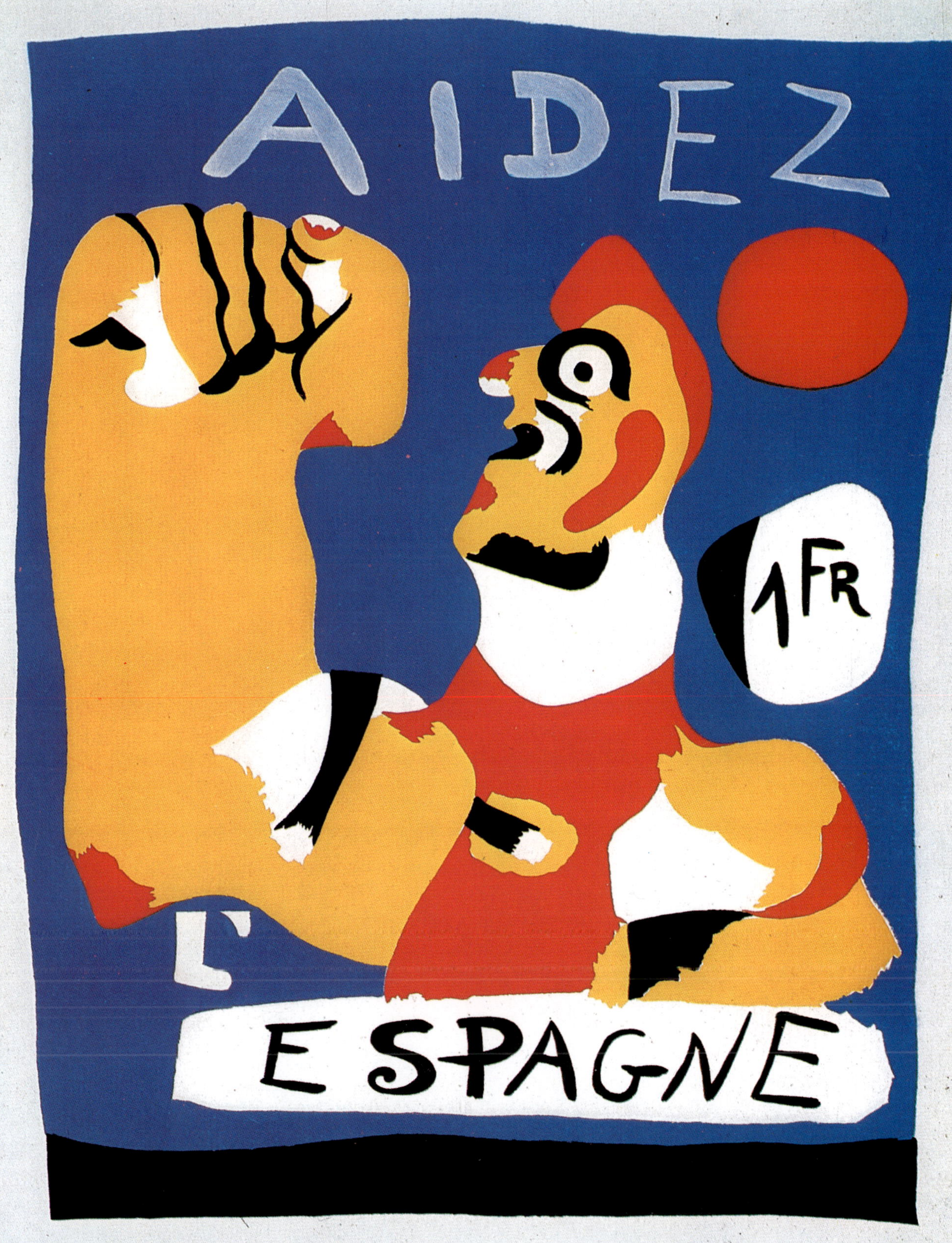

Dans la lutte actuelle, je vois du côté fasciste les forces
périmées, de l'autre côté le peuple dont les immenses ressources
créatrices donneront à l'Espagne un élan qui étonnera
le monde.
Miró.

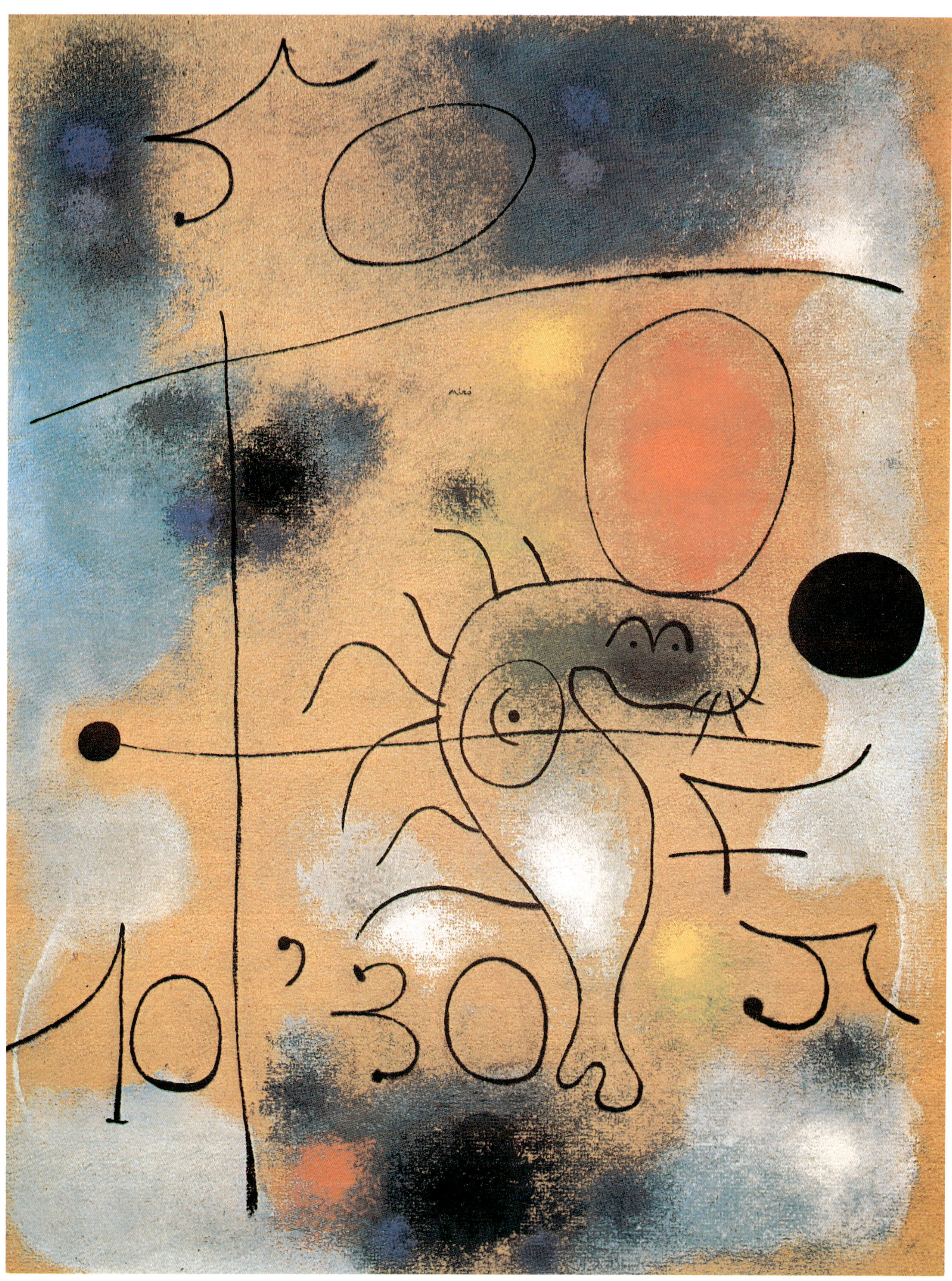

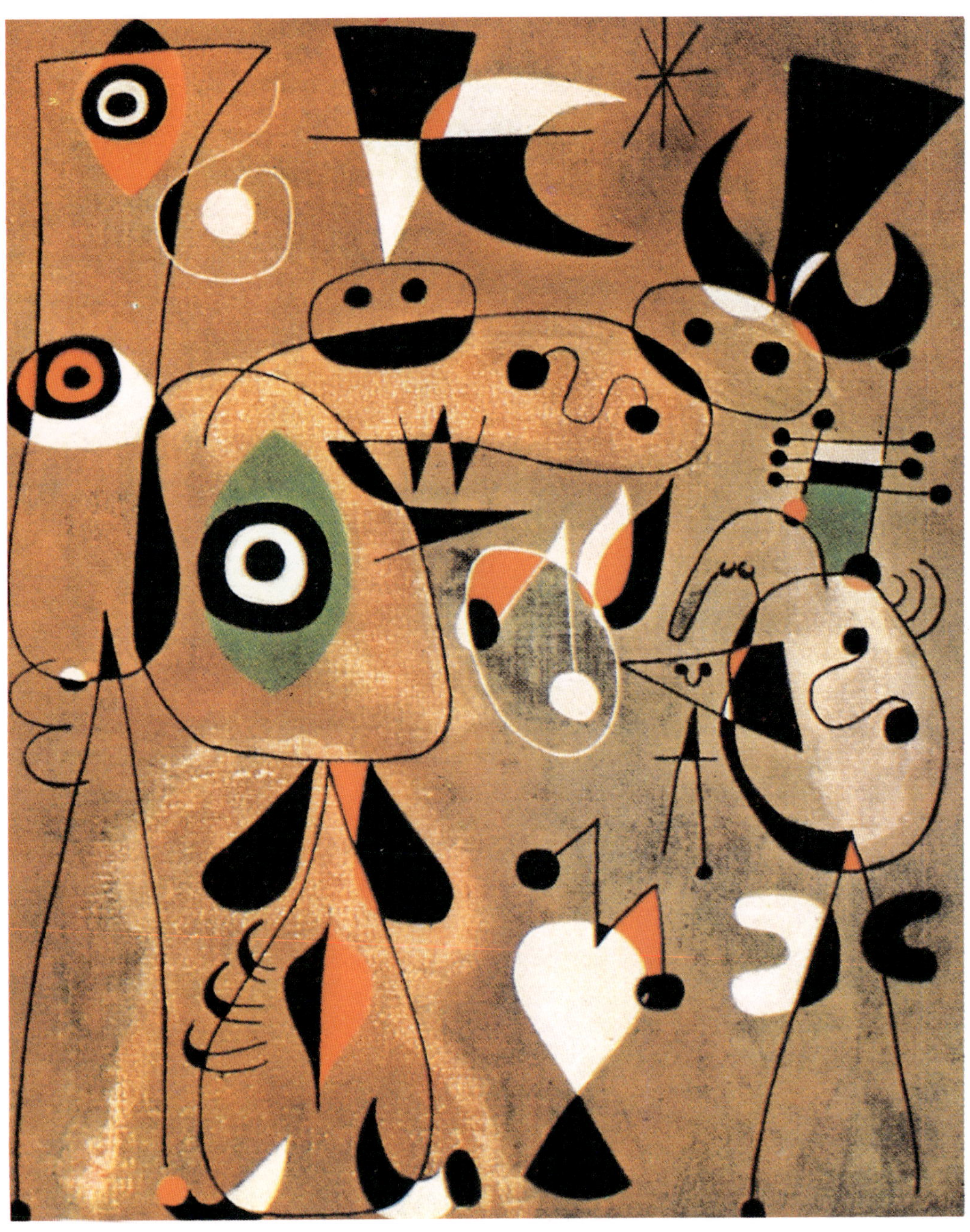

서커스
LE CIRQUE

이 작품은 셀로텍스라고 하는 사탕수수의
섬유질로 만들어진 판이다. 사탕수수 올의
거칠은 바탕을 살리면서 제작된 작품이다.
빨강, 노랑, 검정색들은 칠했다기보다는
뭉개듯이 비르는 기법으로 바닥의
셀로텍스에 밀착시키고 있다. 선은 빠른
속도로 드로잉하듯 경쾌하게 그려져
그래픽한 이미지를 나타내고 있다.
이 시기의 미로는 파리나 바르셀로나의
벽에 그려진 낙서에 흥미를 갖고, 때때로
그것을 메모하여 돌아오기도 하였다.
예술가는 심각한 예술의 세계에서 헤어나
때로는 솔직한 마음이 담겨진 하찮은
낙서에 흥미를 갖게 되는 것이다. 이것이
아마 미로가 찾고 있던 세계인지도 모른다.
프랑코에 의해 스페인에는 독재가 시작된
해로서, 미로도 정치적 색채를 나타낸
해이나, 한편으로 이 작품과 같이 즐거움이
있는 시리즈를 제작하고 있다.

1937년 셀로텍스 油彩 121×91cm
댈라스 개인 소장

여인, 새, 별
FEMMES, OISEAUX, ETOILE

미로의 작품 제작 과정을 들여다보면
우선 대부분의 작품이 캔버스에 의해서
그려졌다는 것을 알 수 있다. 에스키스나,
대상을 하면서도 거기에 나타난 이미지는
캔버스에 옮기기 전에 한 차례 쉬워 버리는
여과 과정을 거쳐서, 미로가 캔버스 앞에
섰을 때는 캔버스와 미로라는 직접적인
교감(交感)을 통해서 새로운 이미지를
탄생시키고 있다. 거기에서 별도 태어나고,

거미처럼 생긴 음부(陰部)가 있는 여인이
되고, 세 가닥 모발을 가진 남자가 되고
달이 되기도 한다. 이것을 다시 음악적으로
리드미컬하게 구성함으로써 화면은 밝고
즐거움으로 가득하게 된다. 여기에서
우리는 미로가 갖고 있는 미로적인 요소를
발견하고, 그가 도달한 원숙하고도 높은
예술의 경지를 맛보게 되는 것이다.

1949년 캔버스 油彩 91×73cm
개인 소장

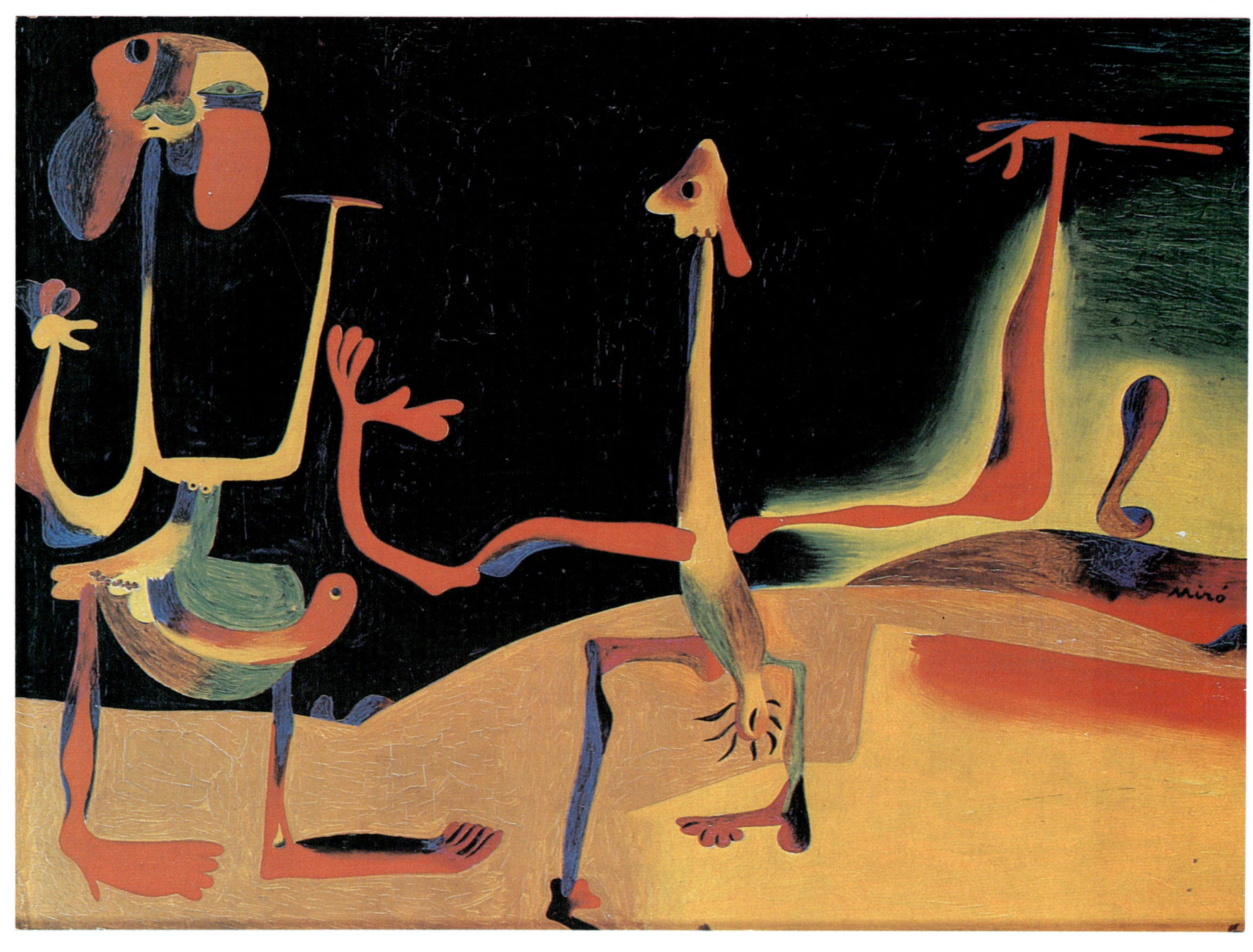

배설물의 산을 앞에 한 남녀
HOMME ET FEMME DEVANT UN TAS D'EXCRÉMENTS

이 작품은 동판 위에 유채 물감으로 그려져 있다. 1935년에서 36년에
걸쳐 미로는 6점을 동판에, 6점을 템페라로 메소나이트판에 일련의
그로테스크한 인물상의 시리즈를 그렸다. 까만 하늘을 배경으로
헛바닥을 내밀고 남근을 뻗치고 있는 괴기한 모습, 양손을 하늘로
내밀고 거미가 줄에 매달린 듯한 섹스의 주인공으로서의 여인을 본다.
두 사람 똑같이 지옥의 연옥에서 헤어나온 듯 빨갛게 온몸이 물들어
있다. 까맣게 타다 남은 듯 하늘의 한구석만이 노랗게 남아 있는 곳에
인분인 듯한 덩어리가 꼬부랑하게 언덕 위에 서 있다. 뒤팡은 미로의
이 시기를 「잔혹한 변모」라고 이름 붙이고 있다. 깜깜한 하늘은
스페인 내란의 암운(暗雲)을 예언하고나 있는 듯하다.

1936년 동판 油彩 25×32cm
개인 소장

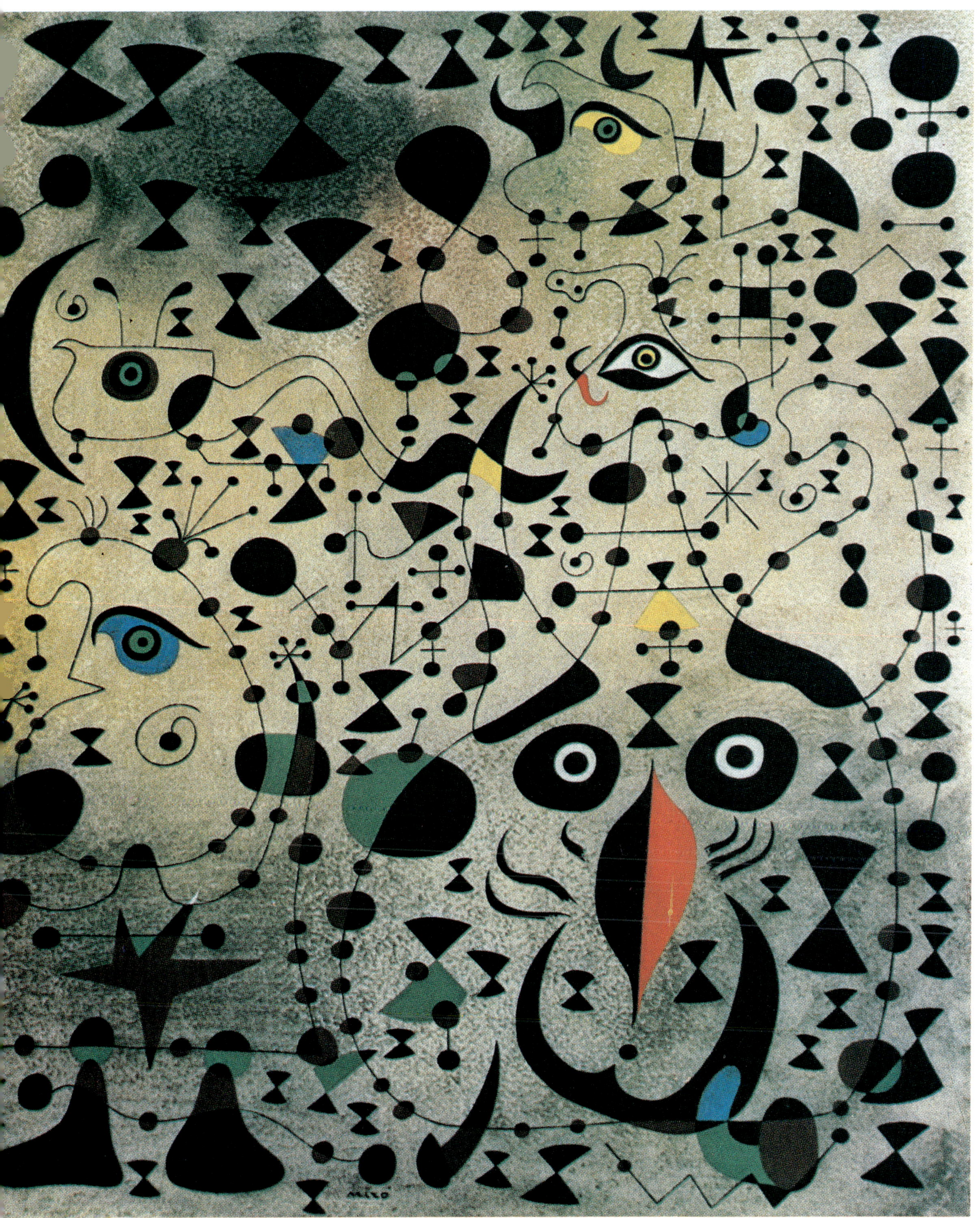

연인들에게 미지의 세계를 밝혀주는 아름다운 새

1941년 종이 46×38cm
뉴욕 근대미술관 소장

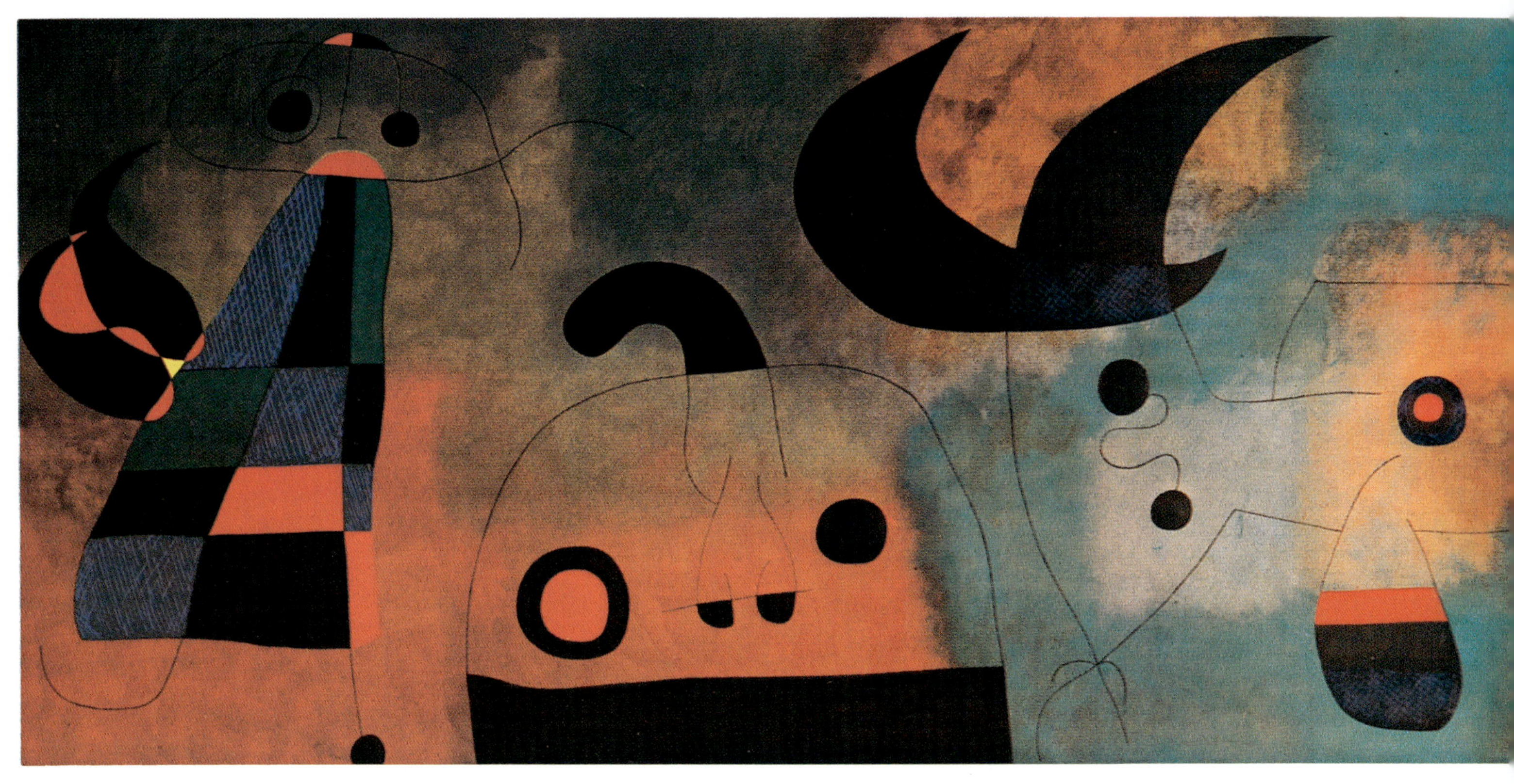

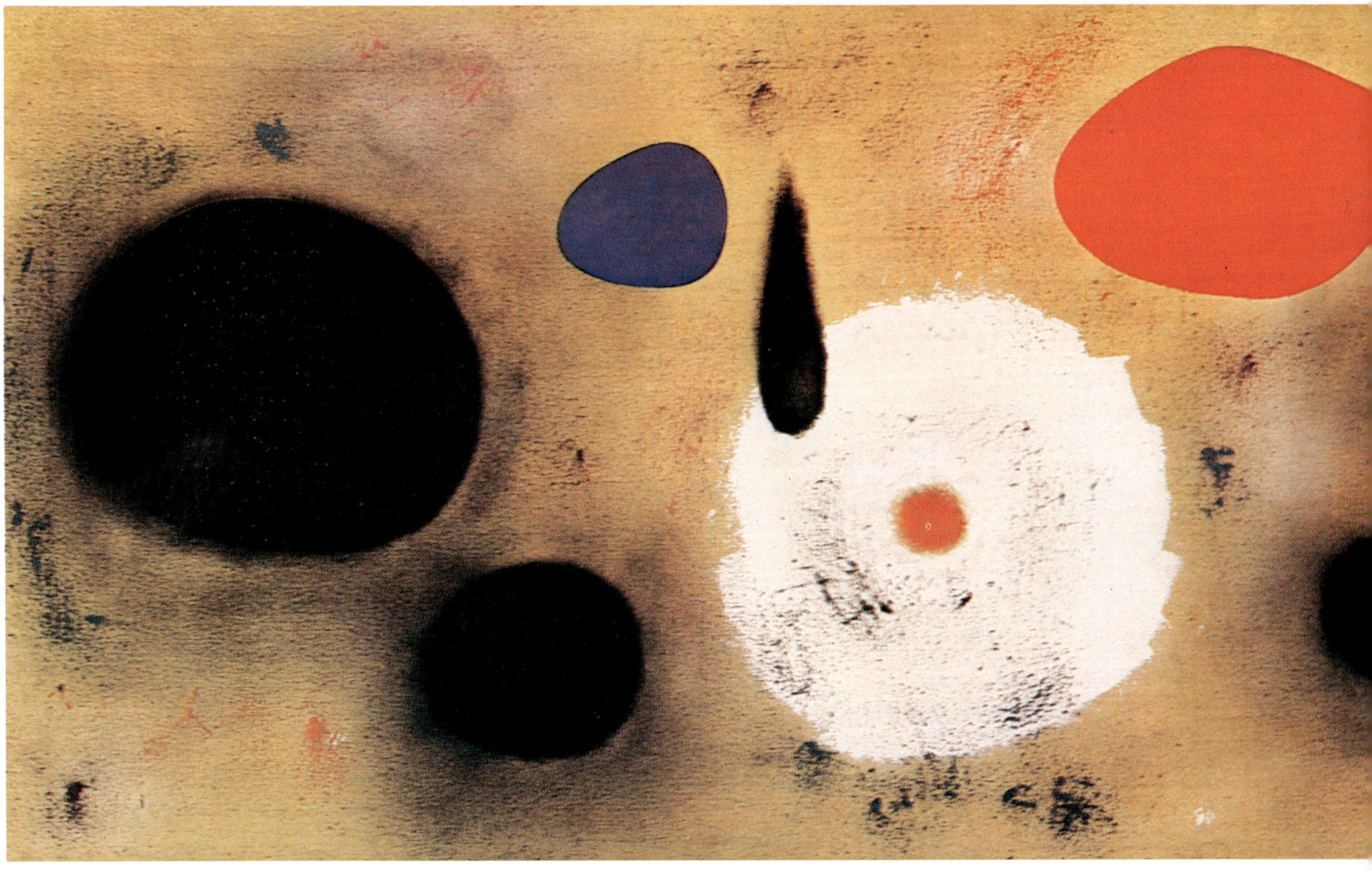

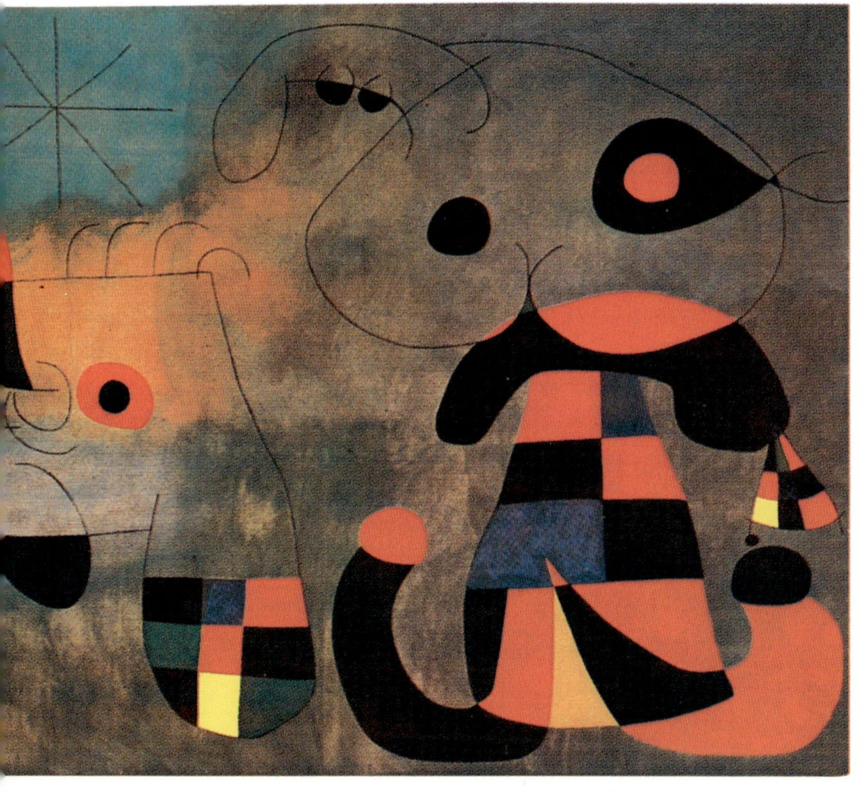

벽화 (하버드 대학, 하크네스 대학원)
PEINTURE MURALE

　1947년 미로는 처음으로 미국에 건너가 신시내티의
테라스 프라자 호텔의 벽화를 그렸다. 이때가 잭슨
폴록의 트리핑에 의한 액션 페인팅의 초기로서, 이 대륙에
커다란 변화의 조짐이 보이기 시작한 시기이다. 두번째
도미의 계기가 된 것이 1950년에서 51년에 걸쳐 하버드
대학의 의뢰로 그로피우스가 설계한 하크네스 대학원의
벽화를 제작하기 위해서였다. 폭 2미터, 길이 6미터의
큰 화면은 단순화된 선과 색면으로 이루어졌으며,
전체적으로 차분하게 가라앉은 분위기는 서정적이며
장식적이다. 「이 벽화가 미래의 젊은 학생과 내가 친밀한
관계를 갖기를 희망한다. 완고한 노인들을 개종(改宗)하기
보다 젊은 세대에 영향을 주는 쪽이 좋다.」고 미로는
쓰고 있다.

　1950～1년 캔버스 油彩 188×593cm
　뉴욕 근대 미술관 소장

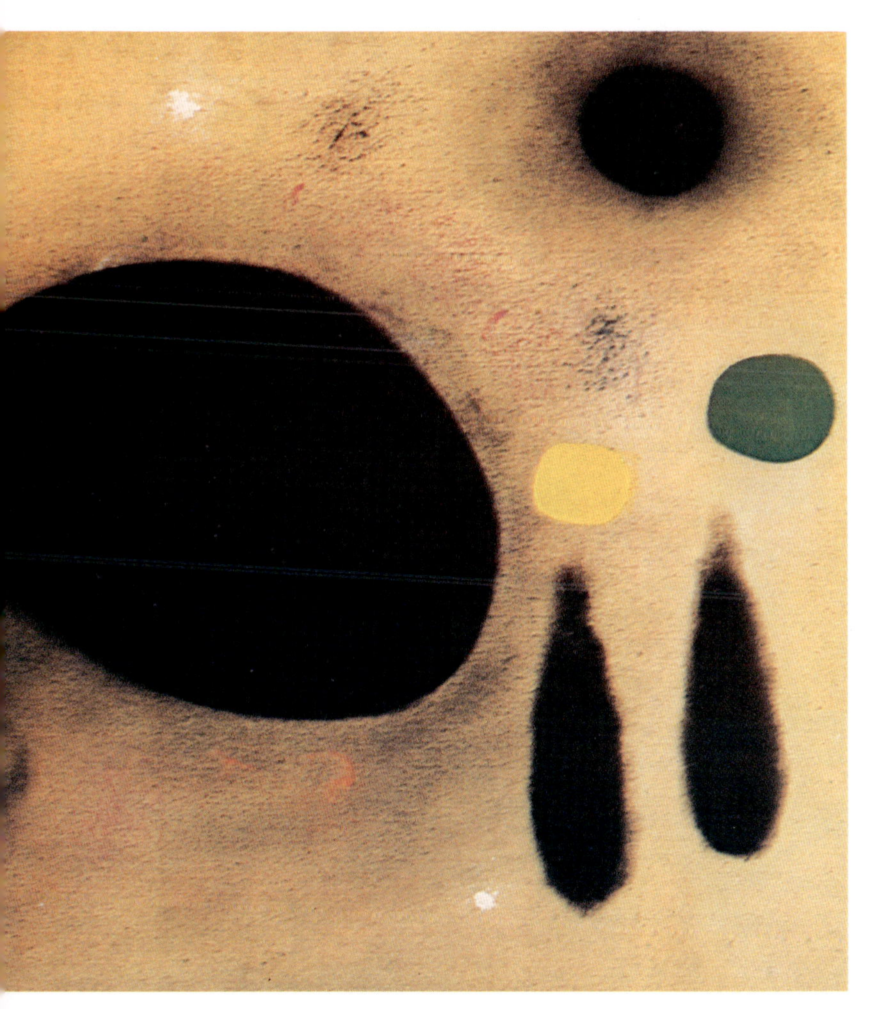

회화
PEINTURE

　미로는 1950년대에 접어들면서 점차 작품이 대형화
경향을 띠게 된다. 아마 50년대에 전성기를 맞은
앵포르멜이나 액션 페인팅의 대화면주의 등이 미로에게
자극을 주었는지도 모른다. 물론 그가 세긱힌 몇 개의
대벽화 제작의 경험이 큰 화면으로 옮겨 가게 된
직접적인 동기임에는 틀림없다. 이 작품에서는 언제나 볼
수 있는 세 가닥의 모발을 가진 인물이나, 가느다란 선으로
표현된 별, 새나 달과 같은 미로 특유의 이미지를
잠재시킨 기호는 찾아볼 수 없다. 검정이나 빨강으로
표시된 둥근 원이나 일그러진 형태는, 다분히 추상적인
형태로 나타나 낡은 벽을 생각케 하는 바탕 위에 천체와
같이 떠 있다. 그렇다고 여기서 미로가 추상을 위한
추상의 세계로 들어갔다고 말하기는 어렵다. 오히려
반대로 그는 이미지를 숨겨 둘 줄 아는 원숙함을 나타낸
작품이라고 보아야 할 것이다.

　1952년 캔버스 油彩 74×188cm
　뉴욕 피에르 마티스 갤러리 소장

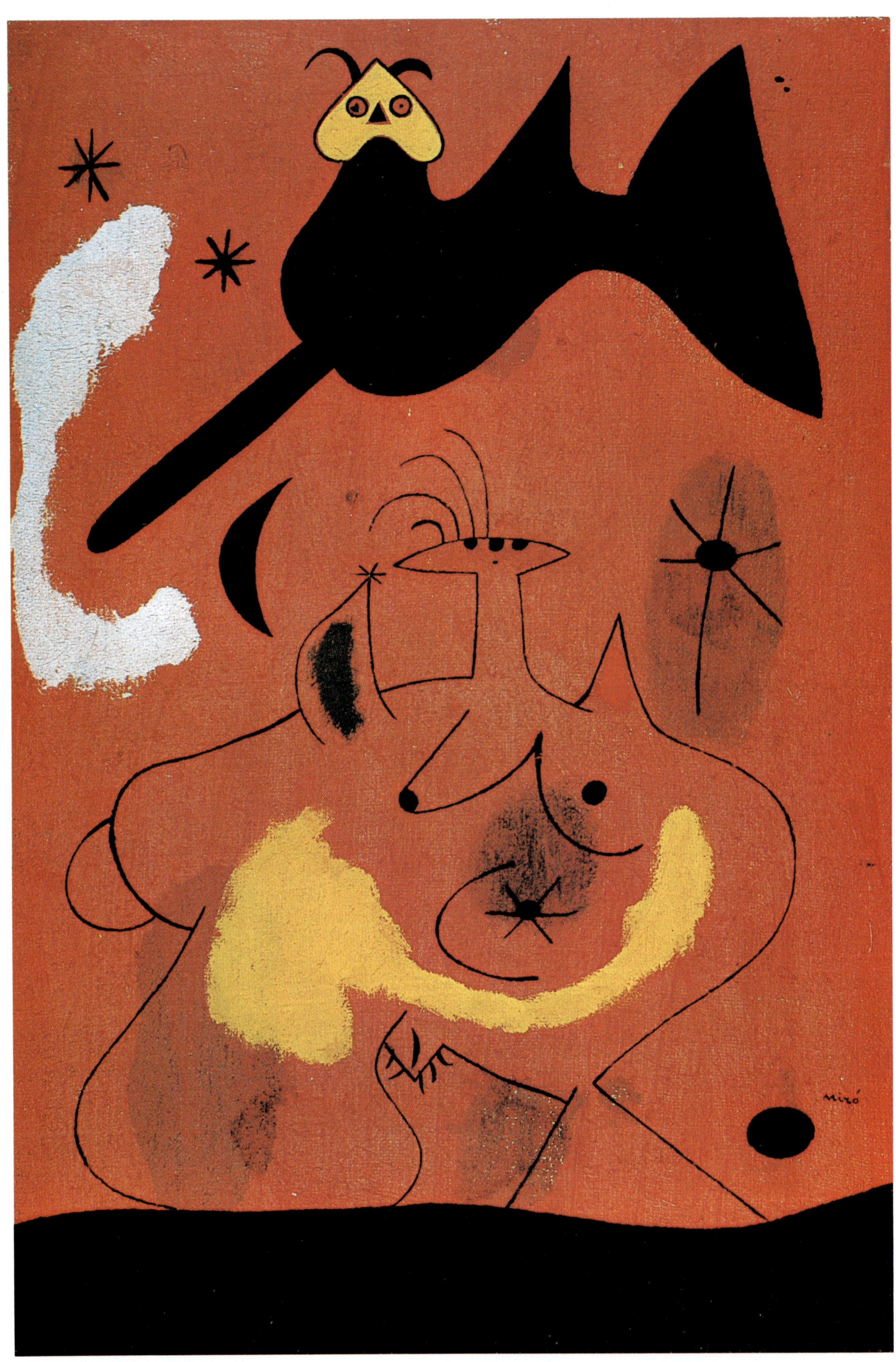

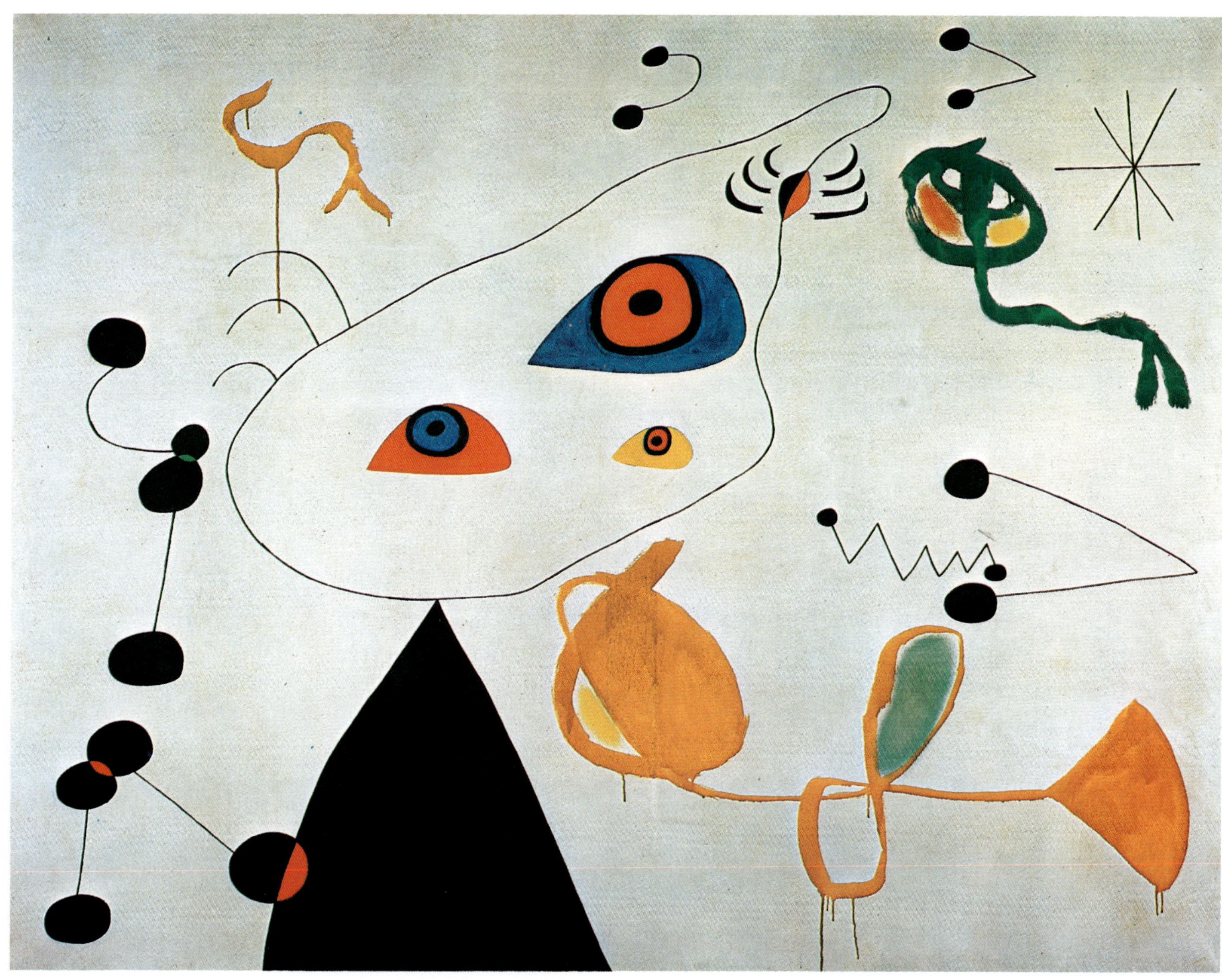

밤의 새
OISEAU NOCTURNE

1939년의 여름, 미로는 노르망디
지방으로 전화(戰火)를 피해서 피난하였다.
평소에는 파리의 시인이나 예술가의
비서시로 알려져 있는 이곳에서도 미로는
붓을 멈추지 않고 제작에 몰두한다.
이 작품도 미로에 의한 여체의 변모극의
하나이다. 미로의 데포르마숑에는 언제나
커다란 자연에의 합체(合体)를 암시하는
미소와 우아함을 갖고 있다. 여체에는
물고기나 나무 열매를 닮은 유방과,
어린아이들의 낙서 같은 데서 볼 수 있는
섹스가 그려져 있다. 그 에로티시즘은
호색적이라기보다는 자연물과의 합일감을
준다. 그러므로 여체는 그 안에 물고기,
별, 바위나 태양을 갖고 있는 소우주이다.
윗부분의 검정 새의 표정과 포름에서
폭력의 접근이라는 어두운 그림자를
드리우고 있는 것이, 마치 다가오고 있는
전쟁 시대를 암시하고 있는 듯하다.

1939년 캔버스 油彩 41×27cm
바젤 개인 소장

한밤중의 여인과 새
FEMME ET OISEAU DANS LA NUIT

〈성좌〉 시리즈 중의 하나이다. 내부의
세계에만 투철하게 존재했던 미로의 선이
여기에서 미로적인 「화법(画法)」이라고밖에
달리 말할 수 없는 독자성이 이 작품에서 잘
나타나고 있다. 자유롭고 세련된 영혼의
유영(遊泳)을 느끼게 해 준다. 대전이
끝남으로써 오는 기쁨이 이 즐거움으로
가득 찬 그림의 배후에 깔려 있는지도
모른다. 미로의 작품 계열로 보면
1937년에서 39년의 그로테스크한 작품을
제외하고는 대체로 전쟁으로 인한
괴로움과는 무관한 것으로 보인다. 어두운
시대에도 마음 한구석에 한 줄기 빛을
꺼뜨리지 않고 소중하게 태우고 있었다는
것이 미로의 강점이기도 하며, 예술가의
에고이즘이라 말할 수 있을 것이다. 미로는
이후 별, 달, 여자, 태양, 동물, 식물,
남과 여라는 단순한 세계를 자유롭게
전개시켜 나가고 있다.

1945년 캔버스 油彩 130×162cm
버팔로 앨브라이트 녹스 아아트 갤러리
소장

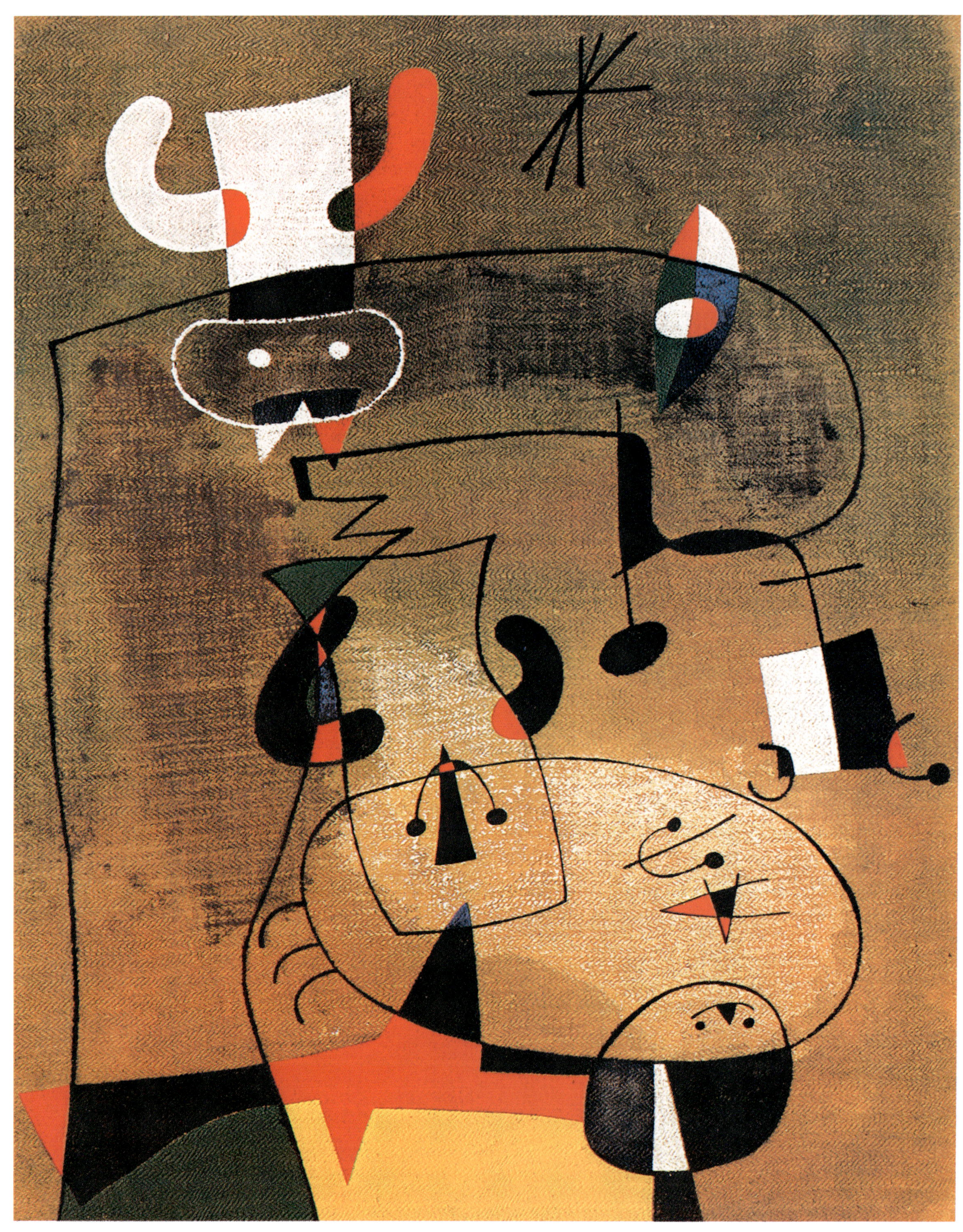

1949년 캔버스 油彩 65×50cm
뉴욕 개인 소장

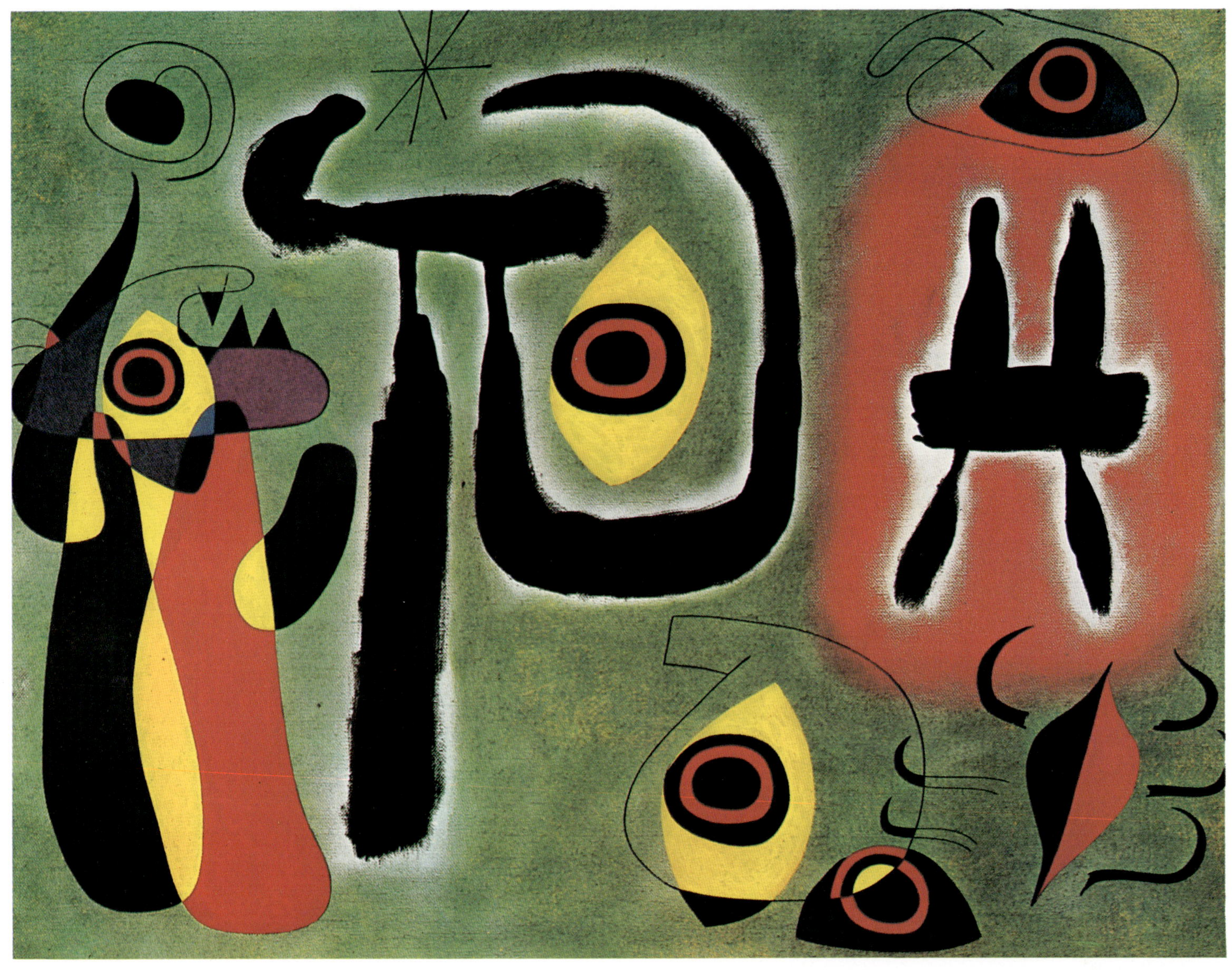

회화
PEINTURE

이 작품은 굵은 올의 캔버스에 밑칠을
하지 않은 상태에서 그린 작품이다. 이러한
기법은 원래 마포(麻布)가 갖고 있는
재질감(材質感)을 그대로 살리면서
그것을 작품에 이미지화한다는 데서 흔히
쓰는 기법이다. 미로의 작품에서는 잘
어울리는 재료의 선택이라 하겠다. 까만
신으로 그려진 윤곽은 더욱 명확하고
힘차서 조금도 흐트러짐이 없다. 빨강,
노랑, 하얀 색들은 원색 그대로 면에
빈틈없이 칠해져 방법론적 의미에서는 어떤
작품보다 이지적으로 다루어지고 있다.
들판에 한가롭게 노니는 소, 연못 속에
두려움 없이 헤엄치고 있는 물고기, 얼굴에
웃음을 한껏 머금고 자연을 바라보는
평화로운 아이, 이 모두가 꿈속에서 보는 듯한
목가적인 풍경이다. 작품 처리에서 보여 준
딱딱한 기법과 환상적인 이미지가 잘
하모니를 이루어 하나의 전원 교향곡의
세계로 이끈다.

붉은 태양이 거미를 문다
LE SOLEIL ROUGE RONGE L'ARAIGNÉE

대체로 작품을 감상할 때 거기에 붙여진 명제에 너무 집착할 필요가
없다. 작가가 때로는 엉뚱한 명제를 붙이기도 하고, 시의 한 구절과
같은 재미있는 것을 붙이기도 한다. 명제에서 너무 의미를 찾다 보면
자칫 작품의 감상 쪽이 소홀해질 수가 있다. 그래서, 〈회화〉라든가
〈작품〉이라든가 〈무제〉와 같이 명제에 의미를 두지 않고 순수하게 작품
그대로를 이야기시키고 있는 경우도 많다. 이 작품은 눈알이나
얼굴이나 신체를 느끼게 하는 단정하게 칠해진 일면과, 커리그래픽한
검고 굵은 선이 속도 있게 그어져 있는 것이, 즉 정적인 것과 동적인
두 경향이 서로 대비를 이루어 이 화면을 보다 생동감 있는 리듬의
공간으로 이끌고 있는 것이나. 우측 타워형의 붉은 부분이
붉은 태양을 상징하면서, 그 위에 부리가 긴 새라든가 별의 표시 등이
미로의 특징을 잘 나타내고 있다.

1948년 캔버스 油彩 76×96cm
리에지 개인 소장

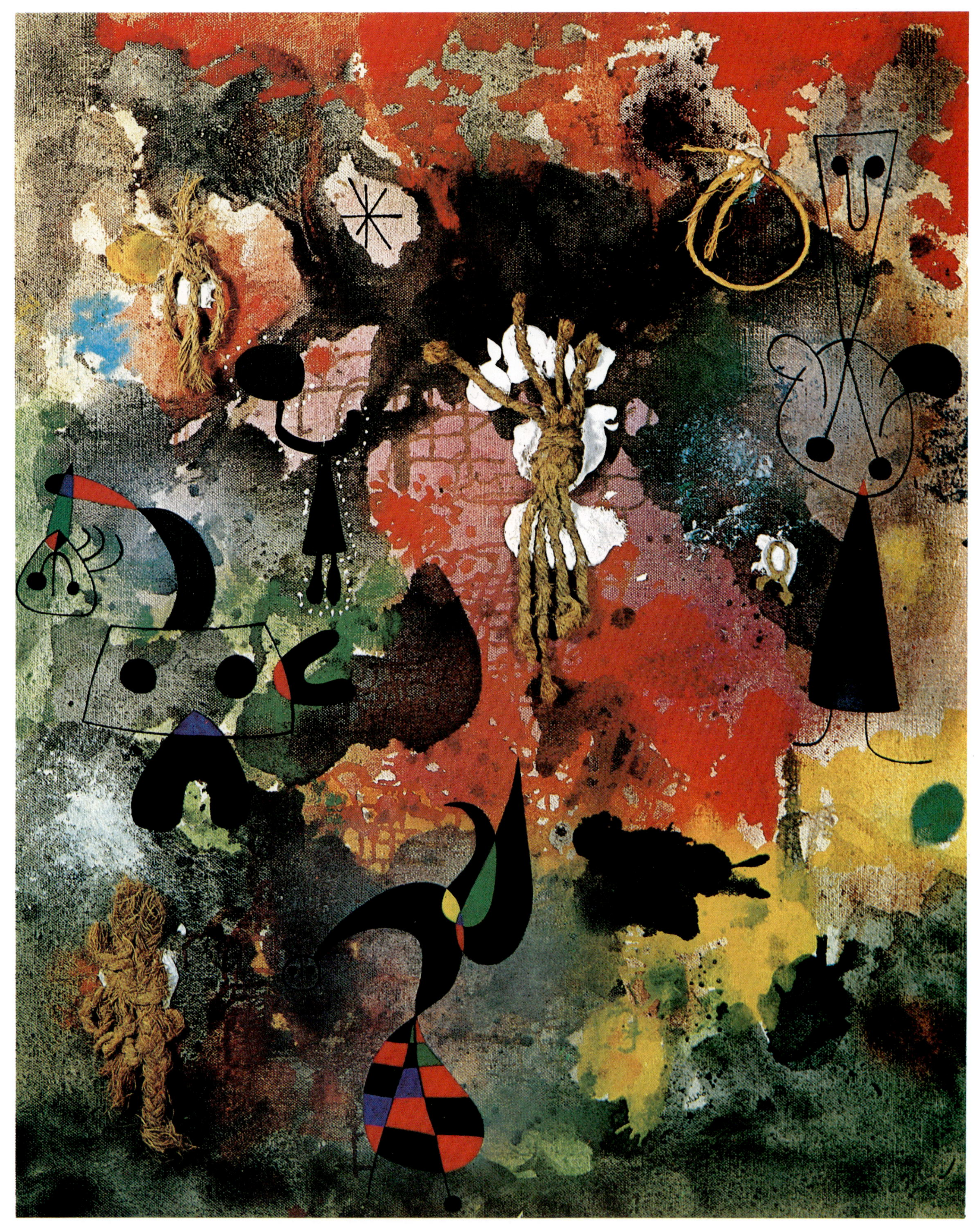

1950년 캔버스 油彩, 노끈 99×76cm
아인트호벤 시립 미술관 소장

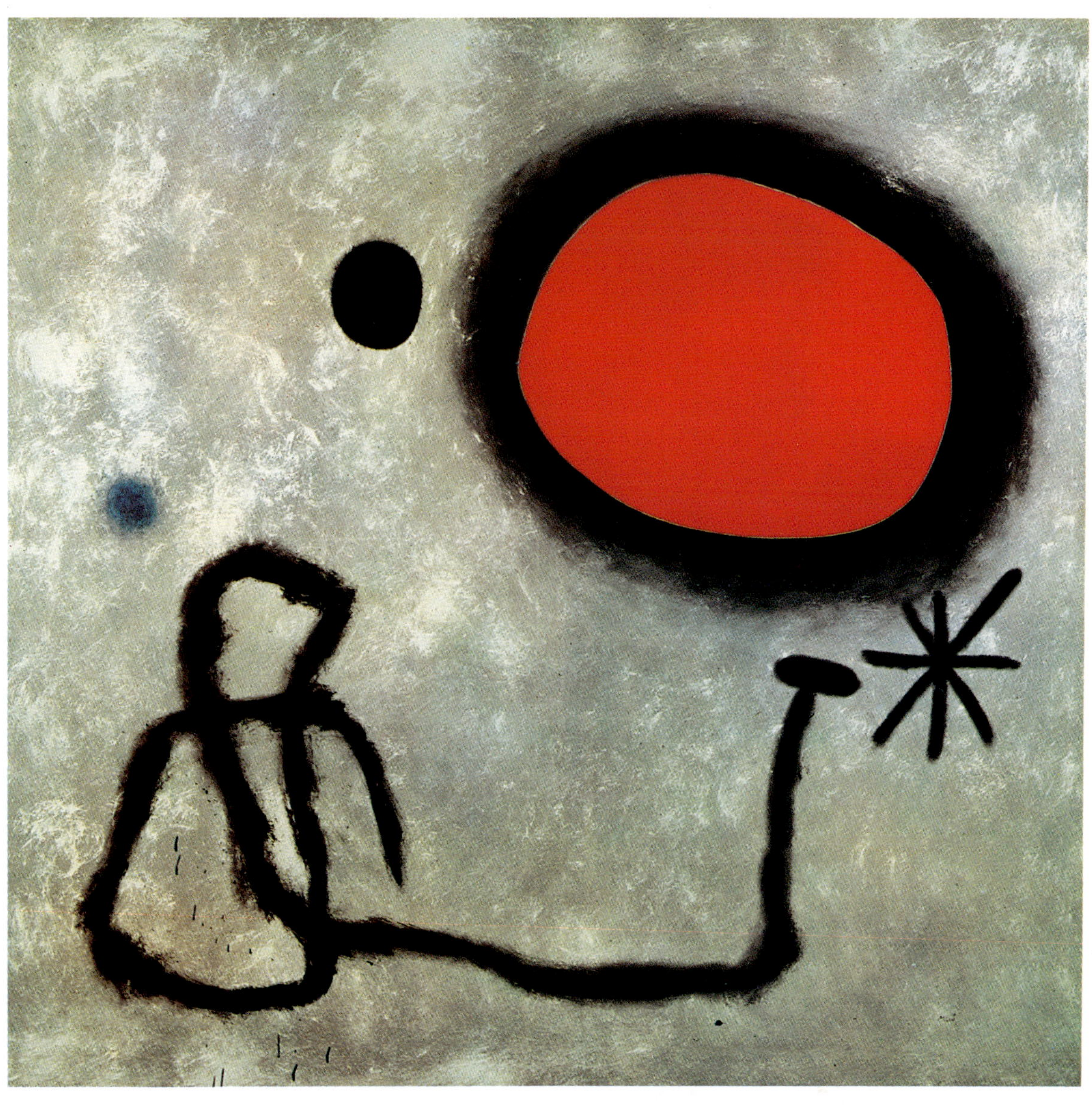

회화
PEINTURE

이 작품을 통하여 자유롭고 화려한 삶을 노래한 미로의 세계를 본다. 캔버스에 물감을 흘린다거나 스며들게 하면서 한편으로 석고를 발라 거기에 토막된 새끼를 붙이는 등 자연의 드라마를 느끼게 한다. 미로의 손이 닿은 물체는 생명의 입김을 불어넣은 듯, 새끼도 여기에서는 곤충과 같이 꿈틀꿈틀 살아 움직이는 듯하다. 여러 가지 풍부한 표정을 가진 인물들, 새까만 그림자, 문양화된 의복 등 모두 미로가 즐겨 그리는 세계의 요소이며 우주인 것이다. 1930년대부터 미로는 꼴라쥬를 만들어 왔으나, 거기에는 에른스트류의 고뇌는 보이지 않는다. 미로에게 있어서 물체는 모두 물감과 동화하여 기호로 되어 버리고 만다.

여기에서 보여 준 물감을 흘리거나 스며들게 하는 기법들이 50년대에 개화한 「앙포르멜」을 먼저 구사하고 있는 감이 든다.

이 시기의 미로에게시 많은 작품상의 변화를 볼 수 있다. 그 하나로, 완벽성에서부터의 자유라고 할 수 있을 것이다. 이 작품에서도 잘 나타나 있듯이 화면은 거칠어지고 선은 투박하면서 서툰 듯 보이게 그리고 있는 변화에 주목하시 않으면 안 된다. 바탕은 때묻은 오랜 세월을 느끼게 하는 벽과 같고, 새빨갛게 칠한 태양, 그 주위에 검고 굵은 띠를 두름으로써 밝음과 강렬함을 더해 주고 있다. 거기에 대조적으로 그려진 별의 형태와 넓은 우주 공간을 뱀과 같이 자유롭게 헤엄쳐 달리는 듯한 유성(流星)의 궤적(軌跡), 붓에 묻은 물감을 털어서 떨어진 듯한 포말들이 다른 혹성(惑星)들을 나타내고 있는 듯하다. 극도로 제약된 색의 절제를 통하여 그의 자유 분방한 커다란 손이 우주적인 세계를 성큼 그의 앞으로 끌어당기고 있는 것이다.

1953년 캔버스 油彩 200×200cm
도꾜 국립 서양 미술관 소장

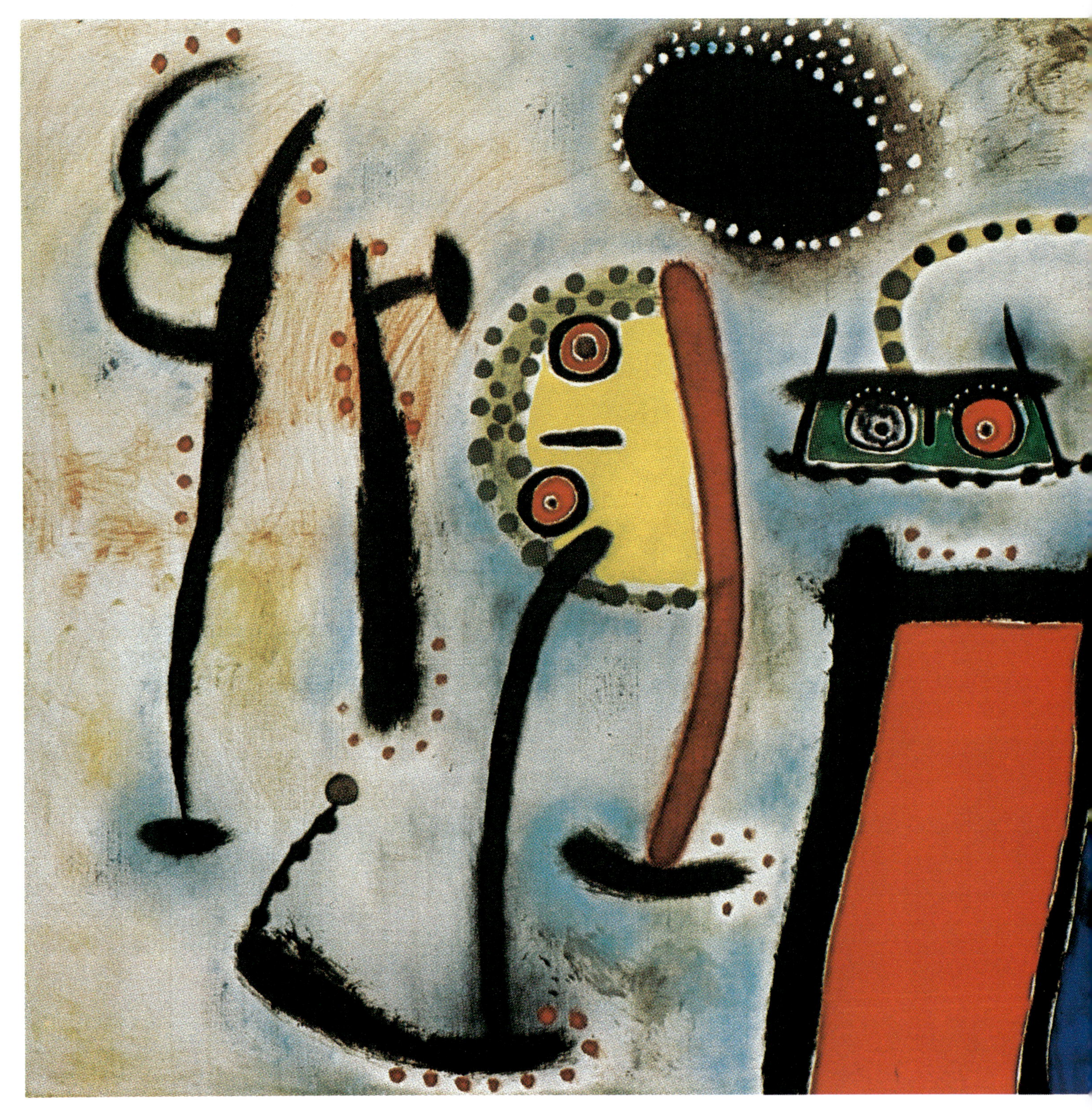

회화
PEINTURE

미로의 작품에서 점차 거칠은 필촉이나 물감을 흘려 스며들게 하는 기법, 커리그래픽한 선이 나타나는 것 등은 지금까지의 작품이 기술적으로 실제적이란 데서 너무나 단정(端正)하여 「좀더 자유롭게, 활달하고 풍부함을 갖는 작품이 필요하다고 느꼈다. 그래서, 아주 부드럽게 그리게 되었다.」고 미로는 말하고 있다.
이 작품은 엷은 색의 바탕에 서예가 같은 둔탁한 필세로 상형문자(象形文字)와 같은 포름을 골격으로

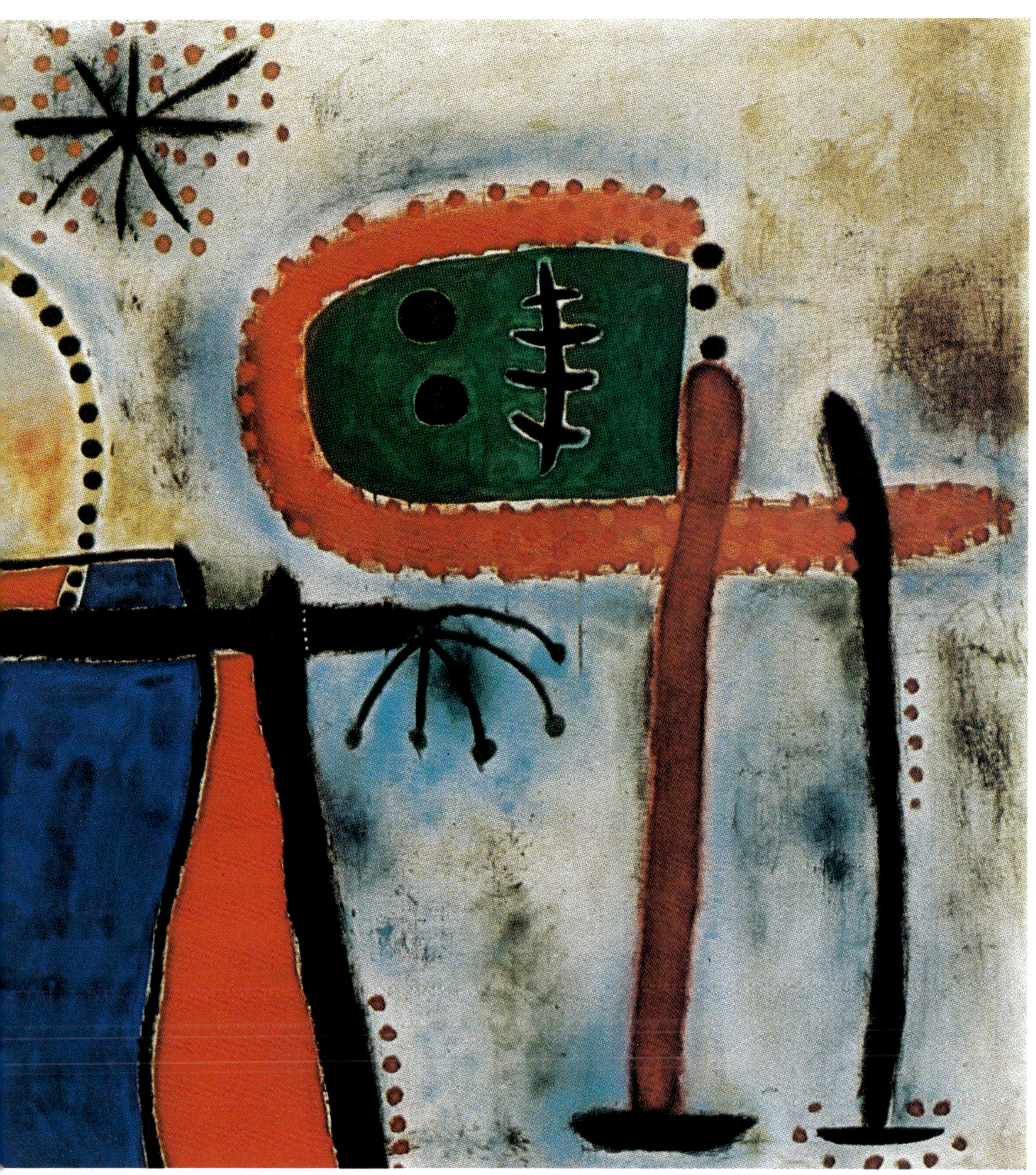

하여 당당하게 그려져 있다. 인물의 표정에서는 그
「잔혹한 변모」에서 보여 주었던 그로테스크한 요소가
남아 있는 듯이 보이며, 한편으로는 아메바에 의한
「생리 형태적」이라고 하는 두 가지 요소가 한데 어울려
있다. 이러한 각기 다른 요소들이 공존하면서도 조금도
어색함 없이 화면이 처리될 수 있다는 것은 그만큼 미로의
원숙한 경지를 말해 주는 것이다.

1953년 캔버스 油彩 195×378cm
뉴욕 구겐하임 미술관 소장

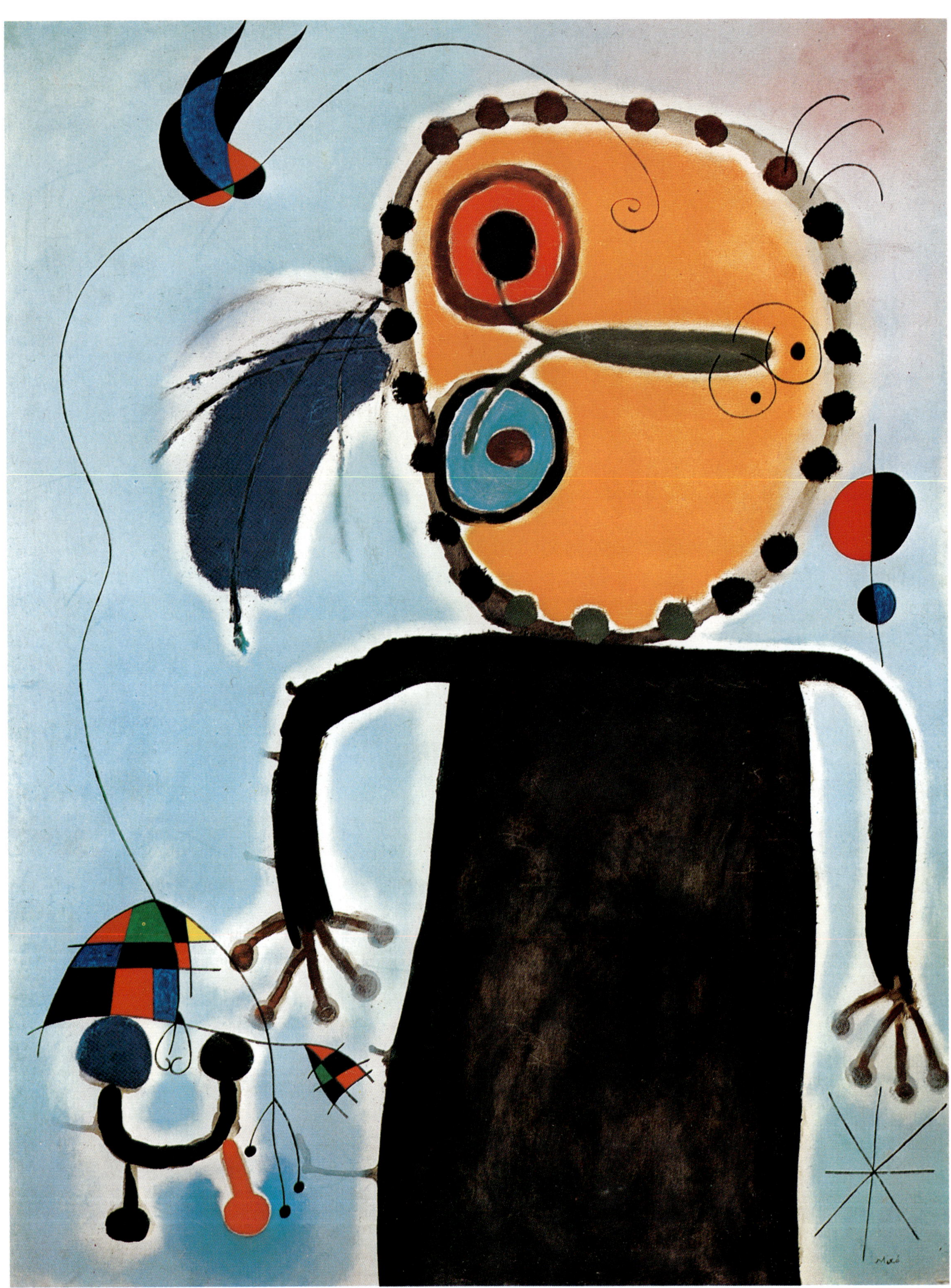

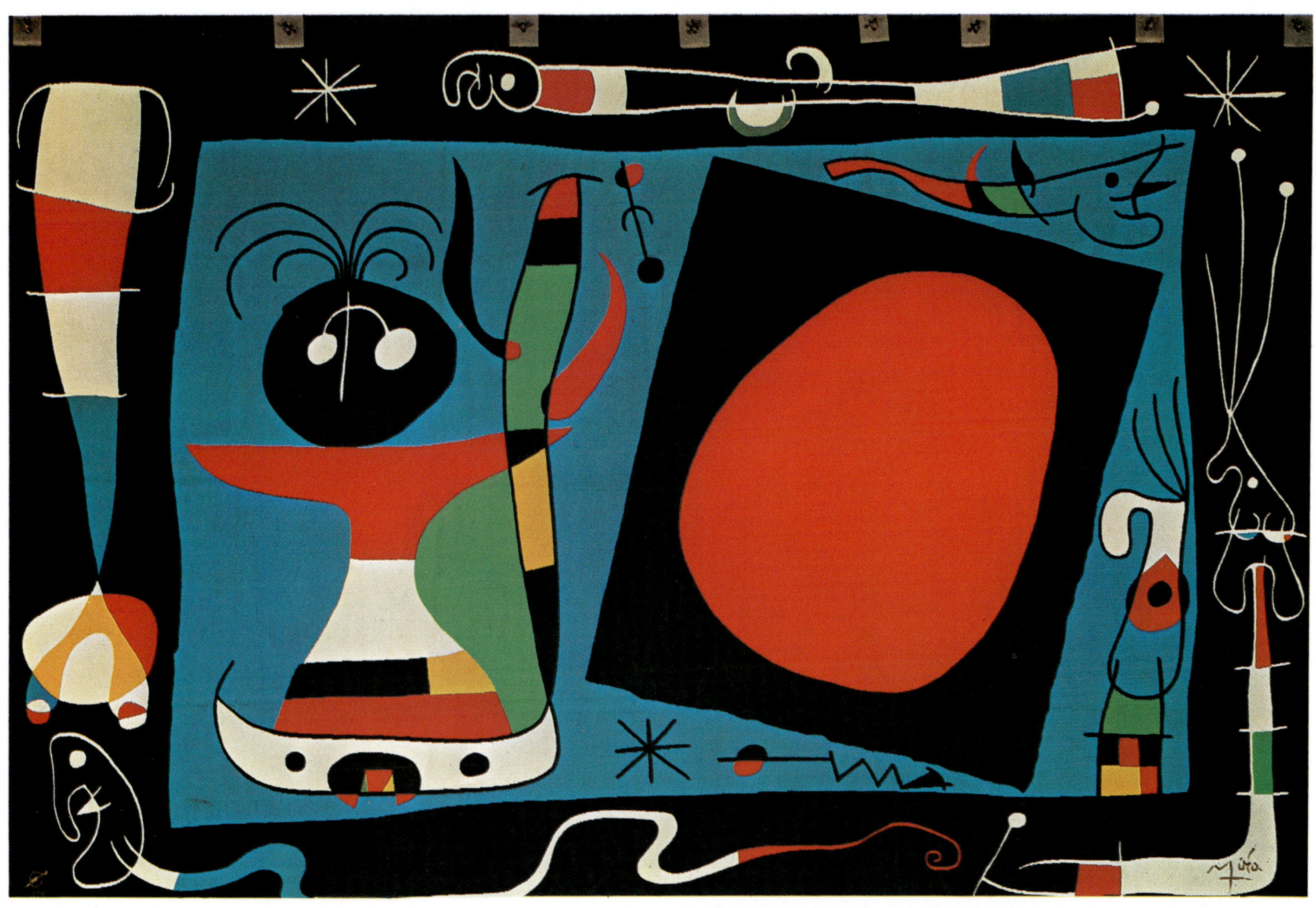

종달새를 쫓는 빨간 원판
LE DISQUE ROUGE À LA POURSUITE DE
L'ALOUETTE

이 작품은 앞 그림 〈회화〉와 같은 계열의
것으로 화면은 더욱 대담해지고, 낙폭하리
만큼 거칠게 다루어진 인물은 그 특유의
세 가닥으로 가늘게 그어신 모말도
여기에서는 커다란 붓으로 색칠되어져
있다. 얼굴의 윤곽선을 엷은 색으로 둥글게
긋고 짙은 점으로 꼭꼭 찍어 나가 것이
장난스럽기까지 하다. 몸통이나 손가락을
그린 솜씨가 마치 동네의 어느
담벼락에서나 흔히 볼 수 있는 유치원생의
조잡한 낙서를 생각케 한다. 좌측 위에
날고 있는 새는 면(面)을 정성스럽게 꼼꼼히
칠했고, 형태는 마치 종이 비행기가
공중에서 아래로 사뿐히 내려앉는
가벼움을 준다. 우측 아래에 미로의 대표적
형태라 할 수 있는 별을 배치하여, 좌측의
새와 우측 아래의 별을 대각선상에
배치하여 구도에 완벽성을 기하고 있다.

1953년 캔버스 油彩 130×97cm
파리 마그 화랑 소장

고블랭織의 타피스리
TAPISSERIE (MANUFACTURE DES GOBELINS)

1955년경부터 미로가 제작에 손대기 시작한 도기(陶器), 석판화, 조각
등이 모두 다른 사람의 도움과 공동 작업으로 이루어지고 있다는 데
공통점을 갖고 있다. 이들은 모두 불이나 흙에 의해 만들어지고 있고,
여기에는 필연저으로 수반하는 우연성을 배제할 수 없으며, 미로는
오히려 이러한 우연성을 높이 사서 작품에 도입하고 있다.
〈고믈랭직(프랑스 직물의 일종)의 타피스리(장식 용단)〉 또한
짜는 사람과의 공동 작업을 전제로 한다는 데 일치한다. 미로는 1934년에
타피스리를 제작 하기 위한 밑그림을 그리고 있다.   이 타피스리 작품은
1960년대 후반에 짠 것이기는 하나, 작품 내용을 보면 훨씬 이전에
밑그림은 만들어진 것으로 보여진다. 회화 작품이 타피스리로 짜여졌을
때 어떠한 효과를 나타낼 수 있는가에 대해 잘 보여 주고 있는
작품이라 하겠다.

1966년 306×455cm
파리 마그 화랑 소장

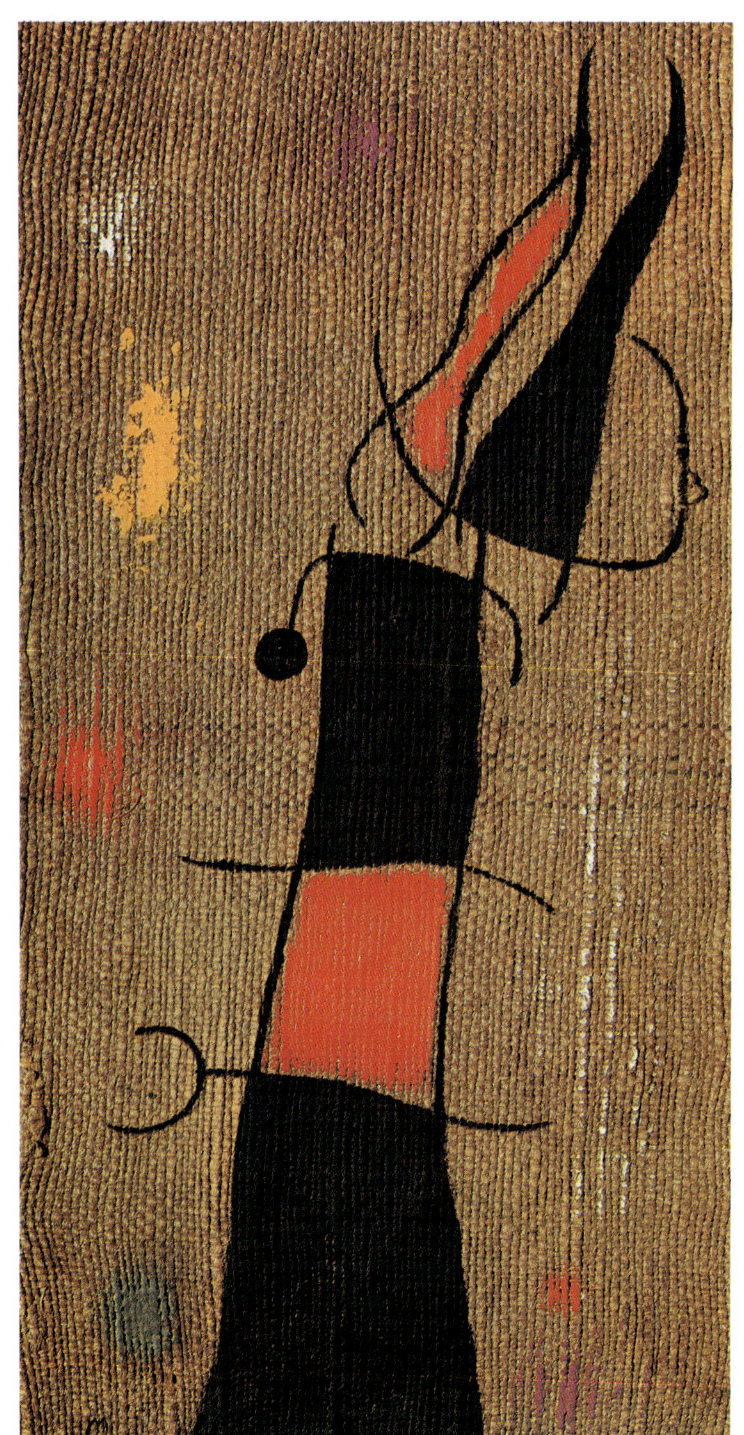

여인과 새 VII
FEMME ET OISEAU VII

〈여인과 새〉 시리즈 중의 한 작품이다.
미로는 1956년 바르셀로나를 떠나
마리요르카 섬 파르마에 아틀리에를 마련하여
이곳에서 제작 활동을 계속했는데, 「너무도
훌륭하고 새로운 아틀리에에 미로가 흥분한
상태였다.」고 친구들이 전했다.
　미로는 풍광이 아름다운 이곳에서
지나온 예술적 발자취를 더듬어보는 영욕의
회상에 잠기면서 이 시리즈를 구상했을
것으로 추측되는데, 그의 만년을 은유하듯
일체의 장식성을 배제한, 선만으로 된
화면이 소박하기만 하며, 극도로 절제된 색
때문인지 작품에서 풍겨오는 품격이
한 차원 높아 보인다.
　한 가닥의 선에서부터 하나의 점에
이르기까지 모두가 철저하게 계산되어
허술한 빈틈을 어디에서도 찾아볼 수가
없다.

1960년 麻布 油彩 90×182cm
바젤 베이엘러 화랑 소장

미로의 생애와 작품 세계

꿈의 세계를 보인
초현실주의 화가

Jacques Dopagne 작
이 경 식 역

스페인에서 카탈로니아(caltalonia)만큼 동적이고,
번성하면서 동시에 외부의 관념을 잘 수용하는 지
방은 없을 것이다. 이러한 특징은 카탈로니아 지
방의 역사가 시작된 이래 계속되어 온 특징들이었
다. 거기에는 두 가지 이유가 있다. 지세와 그 지
세가 낳은 사람들이 바로 그 이유이다. 이러한 특
징은 또한 역사를 통해 계속되어 온 카탈로니아인
의 성격, 오늘날에도 고수되는 그들의 성격을 설
명하는 데 도움을 준다. 특히 그것을 통해 우리는
미로(Mireo)를 더 잘 이해할 수 있고, 적어도 그가
어떻게 해서 왜 화가가 되었는지 이해하는 데 도움
을 줄 것이다.
　그는 1893년 4월 20일 바르셀로나(Barcelona)에
있는 오래된 카탈란(Catalan) 가에서 태어났다. 그
의 부친은 보석상과 시계 제조업을 하는 사람이었
고 외조부는 가구상이었다. 이 두 가지 기술은 손
재주와 지능, 적성을 필요로 했다. 어린 나이에 조

안(Joan)은 이러한 솜씨에 있어서 결코 뒤떨어지지 않음을 보여 주었다. 7세부터 13세까지 그는 매일같이 그림을 그렸다. 그는 초상화와 다수의 정물화, 그리고 풍속화를 그렸다. 이 모든 그림들에는 그의 세심한 관찰력과 감수성, 그리고 무엇보다도 상상력이 어김없이 발휘되고 있다.

14세가 되자 그는 미술 학교와 상업 학교에 동시에 등록했다. 상업 학교가 그의 적성에 맞지 않는다는 것을 깨닫는 데도 그다지 오랜 시간이 걸리지 않았고 그는 곧 그것을 포기했다. 그러나 미술 학교에서는 두 명의 훌륭한 선생, 즉 모데스트 우르겔과 요셉 파스코가 있었음에도 불구하고 모든 것이 잘 되어 나가지 않았다. 특히 파스코는 그의 색감을 개발하는 데 큰 힘이 되어 주었다. 한 마디로 어린 미로는 학교에서 가르키는 학술적인 교육 프로그램에 자신을 적응시킬 수 없었다. 여기서도 그는 학업을 그만두기로 결심했다.

이것을 본 그의 부친은 그를 부기 계원으로 취직시켰다. 그 때의 나이는 17세였다. 이것은 분명히 큰 실수였는데 그런 가운데서도 좋은 면이 있었다. 왜냐하면 미로가 곧 병에 걸렸기 때문이다. 그는 신경 쇠약에 걸렸고 게다가 성홍열까지 앓게 되었다. 병이 나을 때쯤에 그는 그의 부모가 몬트로감으로 공간을 활성화시키는 방법을 마스터하는 데 그들로부터 커다란 영향을 받은 것이다. 우리가 미로의 타고난 재능에다 그들의 영향을 첨가하게 될 때 우리는 젊은 예술가로 하여금 그토록 단호하게 자신의 색채주의자임을 주장하게 했던 힘을 이해하게 될 것이다.

그러나, 선에 대한 미로의 선호는 어디서 온 것인가 하는 의문이 생기게 된다. 얼핏 보면 선에 대한 취향은 심리학자들이 소위 말하는 「제 2 의 자아아」로부터 나온 것처럼 보인다. 그림만을 위한 그림을 그리는 섬세한 즐거움을 즐기는 그 기법과 정말 동일한 기법일까? 1918년에 그린 그림에서 특히 잘 나타나는 바와 같이 미로의 뛰어난 제도적인 기술은 중국과 일본의 위대한 화가들의 그래피즘을 바로 생각나게 한다. 후기의 작품과 마찬가지로 이들 작품에서 색채보다 우선권을 잡는 것은 선, 혹은 싸인이다. 가볍고 활발하게 이 선들은 공간을 헤엄쳐 다니다가 갑자기 대상을 그려 놓는다. 그러다가, 벌써 그 테두리에 싫증이 난 것처럼 그 선은 탈출하여 다이어그램과 같은 더 높은 수준의 진실의 게임에 자신을 내맡긴다. 원시 화가나 동양 화가처럼 미로는 사실보다 더 실제적인 것처럼 보이는 원근법에 특별한 편애를 가지고 있었다. 그는 평야를 원근법에 따라 그리고, 그것을 다시 그려 마치 겹쳐져 보이는 정도에까지 합쳐 놓는다. 이러한 그림은 항상 극도로 세심하게 그려지고 17세기말의 아라비안 세밀화처럼 사물의 가장 미세한 부분까지 관람자의 눈에 보이게 하는 데 성공하고 있다.

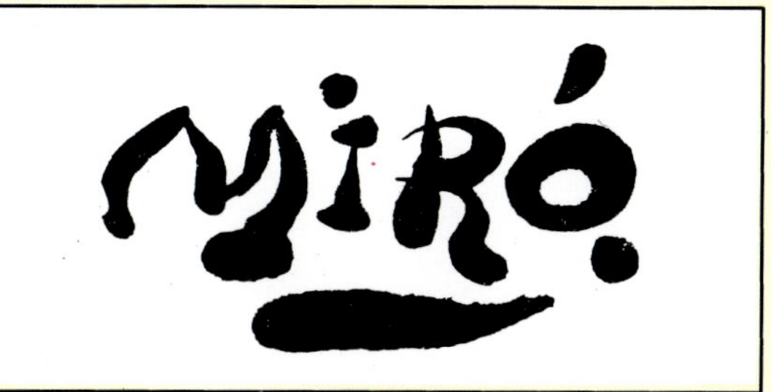

* 미로 사인

그러나, 그 당시 미로의 재능과 상상력을 사로잡은 모든 영향력 가운데서—이것은 또 다른 카탈란 화가 달리(Dali)에게서도 마찬가지이다.— 바르셀로나에 있는 「사그라다 파밀리아(Sagrada Familia)」의 신령한 건축가, 고디(Gaudi)의 영향을 빠뜨릴 수 없다. 고디의 작품의 특징은 대담성의 눈부신 폭발, 믿기 어려운 직관력과 엄청난 상상력이다. 선과 면, 양감이 혼합하여 완전히 미친 듯한 엄청난 형태의 건축을 창조하는 것이다. 미로에게 잠재 의식과 꿈의 세계의 문을 열어 준 사람은 의심할 여지없이 고디였다. 때는 1919년이었고 미로익(Montroig)에사 놓은 시골집으로 요양차 내려가게 되었다.

몬트로익! 미로가 마침내 자신의 진정한 할 일을 찾은 것은 거기에서, 그 집에서, 그것을 둘러싸고 있는 환한 분위기 속에서였다. 그의 진정한 일이란 물론 그림이었다. 그러나, 다른 어떤 종류의 그림이 아니라 자기만의 특징을 가진 그림이었다. 이러한 발견을 확신하고 그것을 추구하기로 결심한 그는 바르셀로나로 돌아와서 프란체스 갈리(Francesc Gali)의 개인 학원에 등록했다. 그런데 갈리는 새로운 발견 속에서 깊은 의미를 찾고자 하는 이 젊은 예술가를 어떻게 도울지 알고 있었다. 이제부터 그의 인생의 역사는 미술의 역사와 불가분의 관계를 갖게 되었다. 그 때는 1912년이었다.

그러나, 이 시기에 미로가 「모든 것」을 발견했다든가 미군나나 그의 작품이 상래에 발킨하게 될 것을 예견할 수 있었다든가 하는 오해를 우리는 범치 말아야 하겠다. 그는 단지 이런 발전이 어떤 의미에서는 그의 숙명이며 그것을 가져오기 위해서는 새로운 일련의 「충격들」을 겪어야 한다는 것을 알고 있었을 뿐이었다.

그의 젊은 시절에 몬트로익에서 경험한 「충격」 이후에 그가 겪은 중요한 충격 중의 하나가 바로 그의 고향 카탈로니아의 예술적인 고적들에 의해 주어진 것이었다. 그것은 다양하지만 동시에 동질의 경험이었고 맨 처음에는 전원에 여기 저기 흩어져 있는 작은 로마네스크 교회 등이었다. 그 교회들은 원시 시대의 수많은 작품들로 풍부했으며 마치 비밀을 감추듯이 서로 몰려 있었다. 바르셀로나와 그 주변에서 발견될 수 있는 프레스코, 조각, 제단들은 젊은 미로에게 모든 박물관 중에 가장 아름다운 박물관이 되었다. 그들의 형태와 양은 나

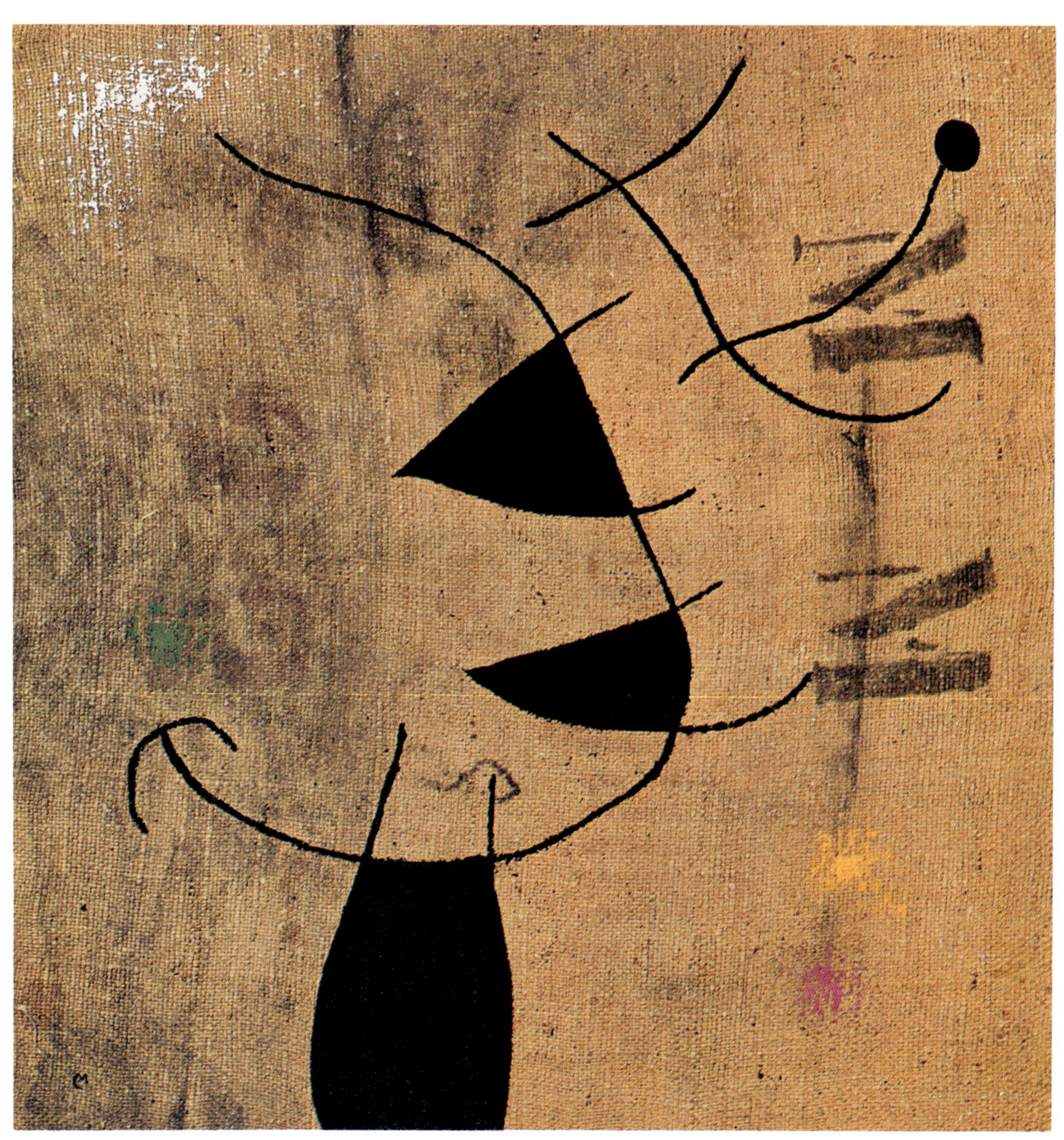

여인과 새 Ⅷ
FEMME ET OISEAU Ⅷ

1955년부터 5년 동안 미로는 회화 작품에서 손을 떼고 도기(陶器), 도판화(陶板画), 석판화(石版画)의 제작에 전념한다. 불이나 돌이나 흙 등 새로운 재질(材質)에 매료되어 화필을 놓다시피한 셈이다.

그러다가 미로는 60년에 접어들면서 또 다시 왕성한 의욕으로 본래의 회화 작품 제작에 몰두하는데, 이때 그의 작품에는 변화가 왔고 또한 한 해에 1·백 점이라는 놀라운 작품을 남긴다. 〈여인과 새〉는 이 시기의 작품이며, 지극히 단순화된, 거의 선뿐인 구성으로 여인과 새의 끊임없는 변신을 드라마틱하게 그려내고 있다. 캔버스의 거칠은 질감을 최대한 살렸고, 체질화되다시피한 장식성을 찾아볼 수 없는 게 이 그림의 특징이다.

1960년 麻布 油彩 65×61cm
파리 마그 화랑 소장

치 선의 검은 윤곽에 새겨 넣은 것처럼 밀집된 면을 가지고 있었다. 화가나 심지어는 단순한 세공들까지도 고도의 감정적이고 상징적인 힘을 달성하기 위해서는 개인적인 취향에 따라 자유롭게 형태와 대상을 변형시키고 확대시키기를 주저하지 않았다. 작품의 외형적인 딱딱함은 사실 보는 사람으로 하여금 아름답고 유머러스하고 비극적인 장면을 보는 것처럼 작품을 보게 하는 강하고 급한 리듬에 의해 활성화되어 있었다. 비극적이란 말은 사실 미로를 이해하는 데 키 포인트가 되고 있으나 나중에 살펴보기로 한다.

어쨌든 미로의 색채 처리라든가, 색의 배분이라든가, 온화한 처리라든가, 색과 색 사이의 공간을 진동하게 한다든가 하는 것은 모두 중세의 무명 화가들의 영향을 입은 덕분이다. 후기 작품의 스타일상의 파격이 어떠했든 간에 미로는 즉각적인 생동는 초현실주의 경험을 할 준비가 되어 있었다.

그러나, 1919년 3월 처음으로 미로가 파리에 도착했을 때 그를 기다리고 있던 것은 초현실주의가 아니었다. 그가 발견한 것은 사상계나 사회 관습,

정치학에 일어나고 있는 혼란은 말할 것도 없고 거
대한 예술적 혼돈의 와중에 휩싸인 파리였다. 전쟁
이 막 끝났고 프랑스가 승리했다고는 하나 기진맥
진한 상태였으며, 자신의 주체성에 확신을 갖지 못
하고 있었다. 예술에 있어서 미로가 찾은 것은 무
엇인가? 거의 모든 야수파 화가들은 자신의 힘을
다 발휘했고 야수파 운동이 명백을 유지하고 있기
는 했지만 실질적인 힘은 없었다. 입체파 화가들
이 왕성한 창작 활동을 벌이고 있었으나, 그들 역
시 전쟁 전에 시작된 운동에 속해 있었다. 입체파
는 이제 너무 익은 과일처럼 터져나오고 있었다.
한 가지 사실만은 분명했다. 그것은 더 이상 피카
소의 관심을 끌지 않았다. 미래파와 두 가지 상반
된 미학 체제 사이에서의 그들의 계속적인 동요(정
체된 형태에 근거한 미학 체제와 동적인 선에 근
거를 둔 체제 사이에서의 동요)에 대해 말하자면
그들이 아직 정식 미술 운동으로 평가받는 것은 순
전히 후손들 덕분이었다.

이러한 혼돈 상태에 미로는 어떻게 반응을 보였
는가? 잠시 동안 그는 입체 미학에 이끌렸다. 그
러나, 이러한 회화상의 규율은 그의 기질에는 너
무 엄격하고 지성적이었다. 그가 만년에 이야기한
「충격」을 이 운동은 그에게 제공하지 못했는데 이
「충격」은 그의 창작 과정을 촉진시키는 데 절대적
으로 필요한 것이었다.

1921년 미로는 「라 리코른(La Licorne)」이라는
화랑에서 30점의 그림과 몇 개의 스케치의 전시회
를 가졌다. 위대한 비평가 모리스 레이날(Maurice
Raynal)에 의해 서문이 붙여졌다. 전시회는 완전
히 실패했지만 그것은 그다지 중요한 것이 아니었
다. 중요한 것은 전시회를 통해 미로가 동포인 피
카소를 만났다는 사실이다. 피카소는 이미 유명해
져 있었으며 미로에게 우정의 지원을 해 주었다. 그
외에도 미로는 다른 많은 친구를 사귀었는데 앙드
레 마쏭(André Masson), 피에트 브베르디(Pierke
Reverdy), 막스 쟈콥(Max Jacob), 트리스탄 짜라
(Tristan Jzara) 등이었다. 또한 그는 몇몇 다다 운
동에 참여하였고 게다가 앙토넹 아르토(Antonin
Artaud), 폴 엘뤼아르(Paul Eluard), 쟈크 프레베
르(Jacques Prevert), 앙드레 브르통(André Bre-
ton), 아라공(Aragon), 그의 걸작 〈농장〉을 구매
한 헤밍웨이와 교분을 맺었다. 헤밍웨이는 이 그
림을 평생토록 간직했다.

초현실주의의 폭발적인 도래는 바로 이 시기였
다. 물론 미로는 이 운동에 참가했다. 자신의 작품
이 어떠해야 하며 어떻게 되어야 하는가를 결정적
으로 깨닫게 된 것은 다른 작품을 본다든가 대가
들의 작품을 참조함으로써 된 것이 아니었다. 영
향력은 오히려 반항 시인이나 젊은 작가들로부터
였다. 나태한 공상이라든가 압박과 규율에 미로는
전혀 체질적으로 어울리지 않았다. 지성의 붕괴를
선언하고 현실의 멸시와 잠재 의식과 직관의 절대

적인 주권을 표방하는 운동에 그가 왜 그토록 열
렬히 참가했던가를 우리는 그의 인격 속에 있는 무
정부적인 요소를 통해 쉽게 이해할 수 있다.

그러나, 그의 발전에 중대한 이 시기 동안 미로
는 시간을 나누어 파리와 바르셀로나에 살면서 계
속 풍경화와 정물화를 그렸는데 암시적이면서 고
도로 이상화된 작품들이었다. 〈곡물이삭(1923년 작
품, 뉴욕 현대 미술관 소장)〉 1924년이 되어서야
그는 처음으로 주관적이고 비현실적인 그림을 그리
기 시작했다. 〈경작된 땅(클리포드 컬렉션, 미국)〉
1925년(6월 12일부터 27일까지) 쟈크 비오(Jacqus
Viot)는 갤러리 피에르(Galerie Pierre)에서 두 번
째 원맨 쇼우를 했다. 5개월 후 미로는 같은 장소
에서 브르통과 데스노(Desnos)의 주관하에 열린 초
현실주의 전시회에 참가했다. 막스 에른스트(Max
Ernst)와 함께 그는 디아길레프(Diaghilev's)의 러시
아 발레단(1926년 「로미오와 쥴리엣」)의 무대와 의
상을 디자인했다. 이 시기는 의심할 여지없이 미
로의 생애 중 가장 풍부한 시기였다. 그 때부터
「광대의 카니발」이 시작되었는데 이 시기의 클라
이막스를 이루는 작품으로 평가되고 있다. 드디어
미로는 세계를 찾았다. 이제부터 그의 작품은 그
의 극도로 인내심 있고 열렬한 세계의 탐구를 단
계적으로 보여 주는 것이 된다.

지난 20년 동안 수많은 비평가, 시인, 작가들이
미로가 어느 정도 초현실주의 화가로 평가될 수 있
는가에 대해 논란을 벌여 왔다. 1928년에 앙드레 브
르통이 「미로는 우리 모두 중에서 가장 초현실주
의자이다.」라고 한 말은 흥미있는 말이다. 미로는
방법론에 의존한다든가, 자극적인 자세를 취할 필
요가 없는 타고난 초현실주의자였다. 그의 초현실
주의는 그 자신의 성실성으로부터 연유한다. 그러
나, 가장 중요한 것은 그의 회화의 요구 조건을 하
나도 거부하지 않는 초현실주의자라는 점이다. 모
든 초현실주의 화가 중에서 미로는 사실상 미술의
수단이나 그의 기술에 의해 부과된 규제를 결코 경
멸하지 않았던 유일한 화가이다. 다시 말하자면 화
가로서 미로는 문학의 유혹에 의해 방황하도록 자
신을 내버려두지 않았다는 것이다. 그는 어떻게 하
면 화가가 될 것인가, 단지 화가만 될 수 있을 것
인가를 항상 생각하고 있었다.

그러면, 미로가 그린 그림의 내용은 정확하게 무
엇인가? 보는 이로 하여금 그토록 매혹을 느끼게
하는 것은 무엇인가? 우리는 나중에 미로로 하여
금 자신의 말로서 이것을 설명하도록 하겠다. 집요
하게 이러한 매력의 이유를 분석해 온 비평가 프
랭크 엘가(Frank Elgar)의 말을 인용해 보자.

「형태 때문인가? 엄밀히 말하면 형태가 존재한
다기보다 태아기의 상태로 존재하는 모습이라든
가 어린이의 낙서를 닮은 기초적인 그림, 원시인
들이 동굴 벽에다 그린 듯한 느낌을 주는 기호
가 있을 뿐이다. 그러면, 색채 때문인가? 물론 색

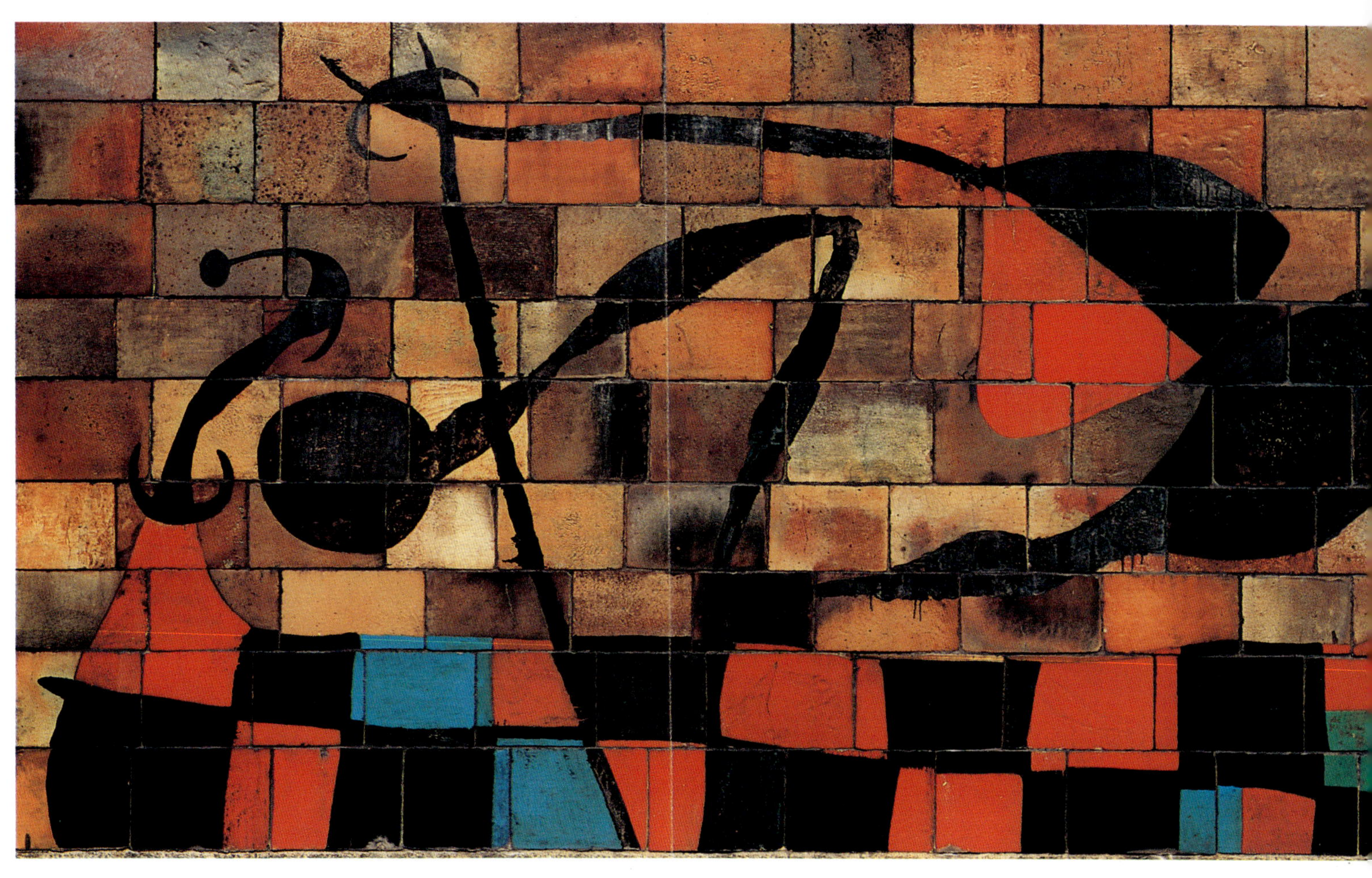

채의 서정적 사용에 있어서 미로는 마티스(Matis)와 같은 야수파가 중단한 것을 계속 추구하고 있다. 그러나, 미로의 팔레트가 얼마나 제한적인가를 눈여겨볼 필요가 있다. 그것은 밝은 빨강, 노랑, 파랑, 녹색, 검정 등의 기본적인 색채로 구성되어 있다. 그 색채들은 아주 절제되어 있으며, 아주 정확하게 사용된다. 구성 때문도 아니다. 왜냐하면 미로는 상호간의 관계라든가 공간이나 깊이의 요구에는 하등 신경을 쓰지 않고 캔버스에다 선과 색채를 분배하기 때문이다. 우리의 눈에는 푸르거나 핏빛의 반달이 보이고 검고 부드럽게 펼쳐진 덩어리나 표적처럼 핵을 안고 있는 원형질이나 인공적인 무관심으로 칠해진 유치한 실루엣, 탯줄에 연결된 태반, 유충, 녹색, 아메바, 길고 구부러진 필라멘트, 장난감이나 연을 닮은 방랑자의 대열 등으로 가득찬 변덕스럽고 코믹한 세계가 보인다. 그것은

대가에 의해 재생된 꿈의 세계이다…」

비록 그의 회화에는 주제, 대상, 양감, 논리적 구성도 없지만 그래도 조형미가 있다. 이러한 조형미 때문에 그의 그림은 초현실주의가 붕괴한 때에도 살아남은 것이다. 그러나, 그의 그림의 매력은 이 모든 것으로도 충분히 설명되지 않는다. 그는 그것을 원시인이나 어린이의 스타일로 창조하는 것이다. 그가 우리 시대의 말을 하는 것은 아니다. 그러나, 우리의 시대는 우리가 잊어버렸고 또 거기에 향수를 느끼고 있는 언어를 말해 준데 대해 그에게 감사해야 하는 것이다. 그의 시는 말로 표현될 수 없고 비현실적이고 씨앗의 단계에 있고 이제 막 시작하는 것에 대한 시다. 여기에 그 힘의 비결이 있다.

미로가 무엇보다도 먼저 화가라는 사실과 또 호기심의 자연적인 확대로 조각가와 석판공이기도 하다는 사실에는 의심의 여지가 없다. 이 분야에 있어

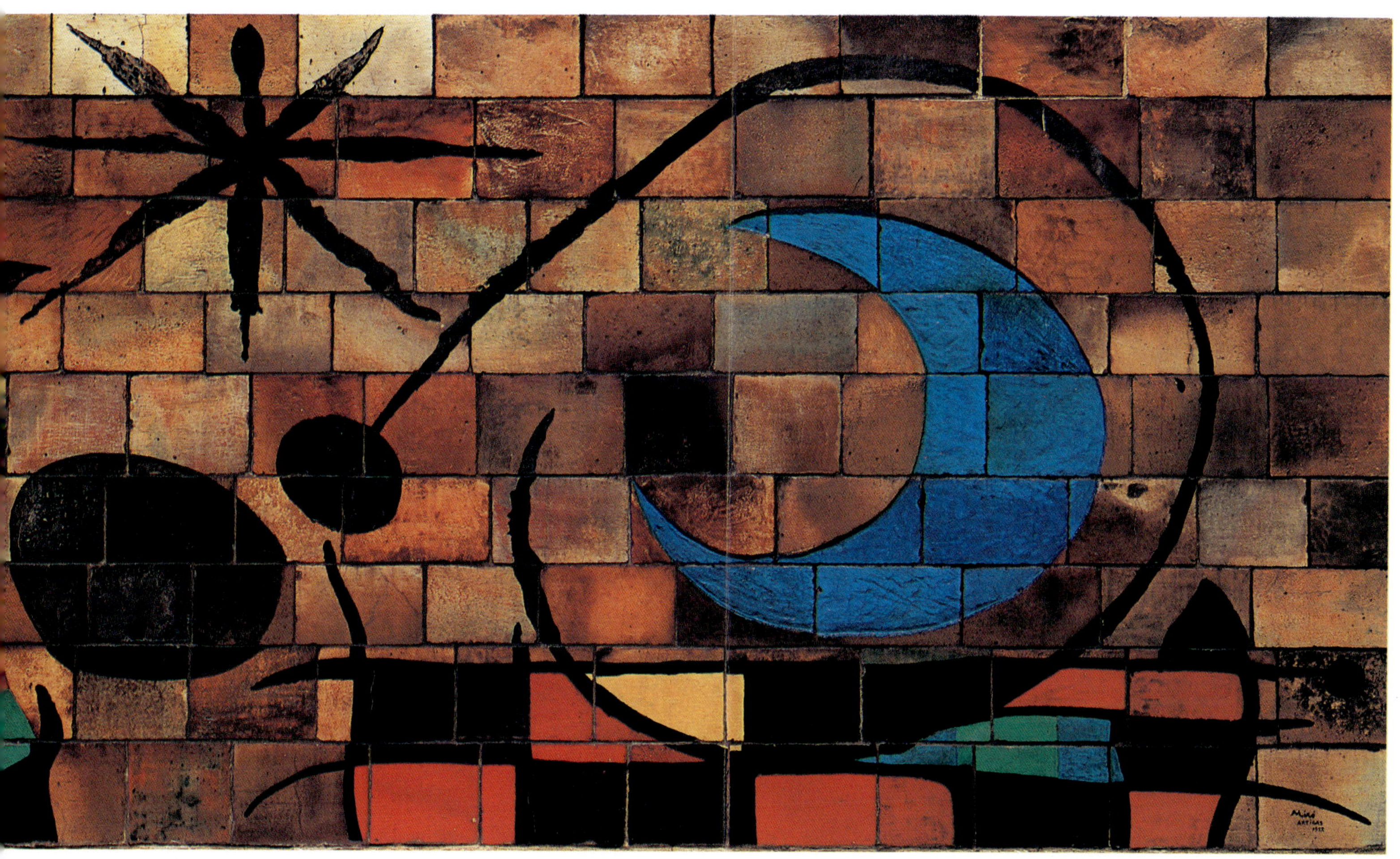

밤
LA NUIT

1958년에 완성된 파리의 유네스코 본부의 건물에는 유명한 예술가에 의해 제작된 많은 벽화, 조각, 모뉴먼트 등의 작품이 있다.

이 작품은 1955년에 시작하여 57년에 완성한 도판(陶板)의 대벽화이다. 두 개의 도판 벽화가 T 자형으로 붙여진 것으로 〈태양의 벽〉과 〈달의 벽〉(本図)이라고 이름 붙여져 있다. 전부가 585판(板)의 도판을 붙인 것으로, 회색이 주조(主調)를 이루고 있는 파리의 하늘 아래 카탈로니아의 밝은 하늘과 열기를 띤 환상이 조화를 이루면서 작열하고 있다. 이 도판의 연료(燃料)는 나무만을 사용하고 있어 마치 우리 나라의 전통적인 도자기 굽는 공정과 같다고 하겠다. 이 작품은 도공 알티가스와 공동 작업에 의해서 이룩된 것이다. 알타미라의 동굴 벽화, 스페인 출신의 건축가 가우디의 구에르 공원(바르셀로나 소재)등에서 영감을 얻었다고 한다.

1957년 陶板 230×750.5cm
파리 유네스코 본부

서 그의 작품은 회화에 있어서 탁월하게 그가 과시했던 것과 버금가는 기술적 우수성을 보여 주고 있다. 특히 최근에는 이 활동에 그가 특별한 즐거움을 가졌다고 말할 수 있을 정도이다. 그러나, 이것을 통해 미로의 지칠 줄 모르는 창작욕이 제한받는 것은 아니다. 1942년 그는 요업에 눈뜨기 시작했다. 옛친구 알티가스(Artigas)의 도움으로 그는 도제 마술사의 역할을 수행하기 시작했다. 변화 무쌍하고 예기치 못한 결과를 가져올 수 있는 요업 ―불의 예술―이 그의 관심을 사로잡은 것은 불가피한 것처럼 보인다. 캔버스나 종이의 이차원적공간으로부터 해방된 미로의 형상들인 달, 새들은 자기들이 해방 속에 존재할 수 있으며 빛과 그림자의 놀이에 참여할 수 있음을 발견했다. 그러나, 이것마저도 충분치 않았다. 왜냐하면 이것은 곧 조각으로 변화되었기 때문이다. 미로는 어려움이나 위험 앞에서 결코 물러서지 않았다. 그는 어떤 새료

어떤 대상을 가지고도 시도할 준비가 되어 있었다. 그의 손의 마술적 위력 밑에서 쓰레기의 무더기가 원래의 목적과는 다르게 변화되었다. 이러한 소사을 함으로써 미로는 죽음에 대항하고 적어도 죽음과 삶의 경계가 흔히 생각하는 것과는 다르다는 것을 보여 주려고 한 것 같다. 예를 들어서, 이러한 식으로 작은 통으로부터 나온 고리가 헐렁한 겉옷을 입은 댄서가 된다. 혹은 농부의 쇠스랑이 손잡이에 몇 개의 표시를 하게 될 때 여신으로 둔갑을 한다. 물론 미로는 브론즈나 콘크리트 같은 고상한 재료도 사용했다. 그러나, 그는 새로운 의미를 부여하려고 했다. 특히 〈형상〉이라는 작품은 브론즈로 만든 것 같지 않게 보인다. 차라리 바다에 의해 침식당하며 덮개에 눌리고 부서진 유리 창틀로 묶여진 나무등치로부터 만들어진 것처럼 보인다. 〈아치〉라는 제목이 붙은 커다란 조각도 마찬가지다. 보는 이를 사로잡는 것은 그것의 재료가 된 콘

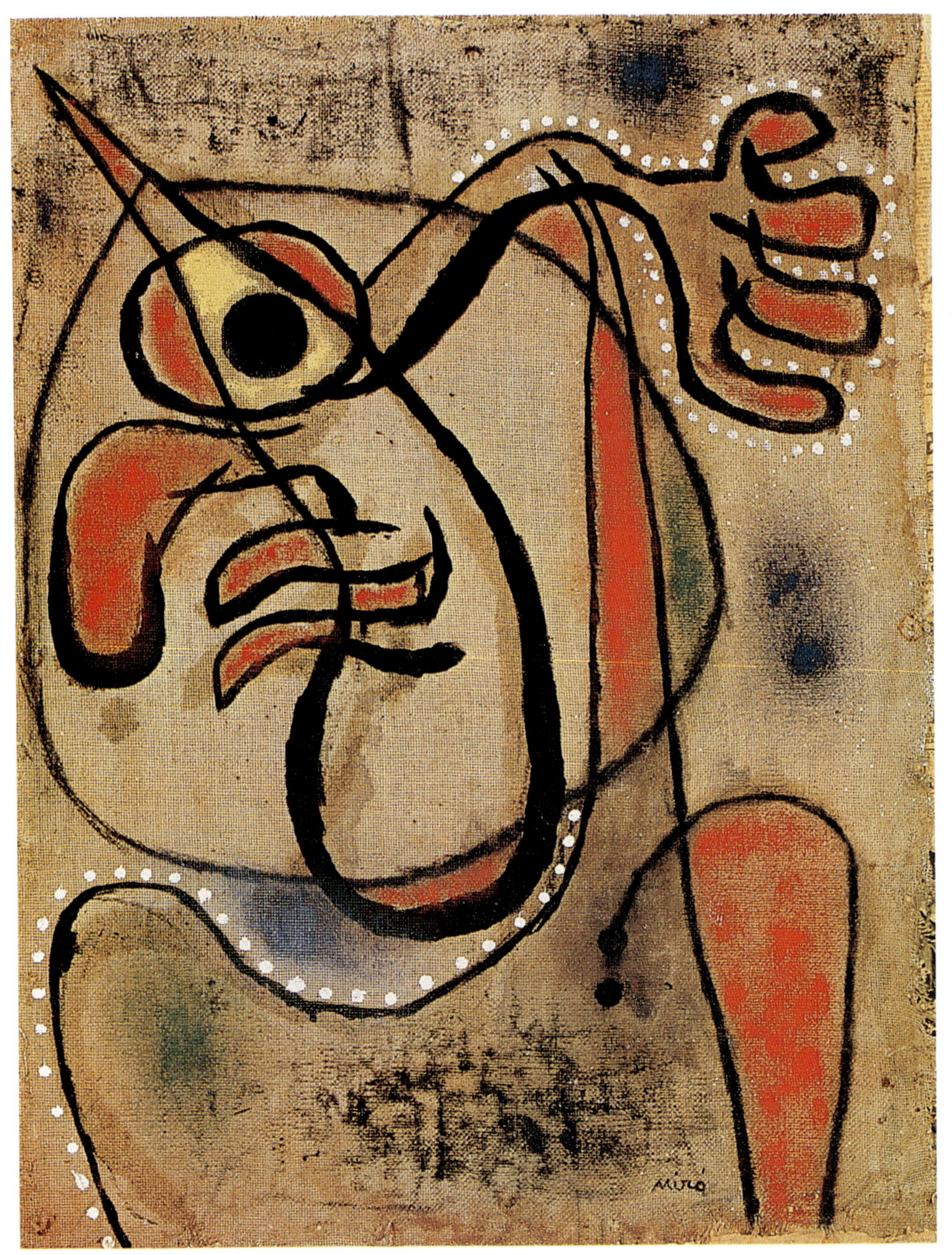

잡히지 않는 것을 잡으려고 하는 여인
FEMME SE DEBATTANT POUR ATTEINDRE
L'INSAISISSABLE

이 작품은 신문지 같은 종이 위에 올이
성긴 천을 붙여 캔버스를 만들어 쓰고
있다. 한 사람의 얼굴만을 이렇듯 대담하게
그리고 있는 작품은 미로에게서 좀처럼
보기 어려운 구도이다. 서예가의 높은
경지를 보는 것과 같다. 단숨에 그어간
윤곽선의 살아 움직이는 듯한 생명과 피의
흔적과도 같은 붉은 색이, 캔버스의 생생한
올에 스며 괴기한 인물의 얼굴을 연출하고
있다. 손, 눈, 입술 등이 얼굴 속에서 겹쳐
엉켜 있는 품이 이 시기의 피카소 작품의
스타일을 생각케 하고 있지만, 이것은
61세에 달한 미로의 정열과 새로움에의
분출이라고 하는 편이 옳을 것이다.
표면적으로는 평화의 시대에 살면서도
미로의 내적인 갈등은 작가의 깊은 고독
속에서 엄격함을 지키려는 강한 의지가
엿보이는 작품이다.

1954년 캔버스 油彩 69×50cm
파리 마그 화랑 소장

크리트나, 거기에 박혀 있는 돌이나, 크기나 양도
아니다. 그것은 주름진 피부를 가진 우화적인 후
피동물과 선사시대로부터 살아서 솟아오른 듯한 위
협적인 비늘이다.

그러나, 이제 미로가 자신을 위해 말할 시간이
다가왔다. 많은 작가, 비평가 시인들이 그에 대해
말해 왔고 어떤 이는 감정적으로 어떤 이는 비평적
인 날카로움으로 말해 왔다. 그러나, 아무도 미로
자신만큼 진실을 가지고 말하지는 못했다. 그는 우
리를 경계시키면서 말을 시작한다. 「내 성격은 비
극적이고 과묵하다. 어릴 때 나는 심오한 슬픔의 시
기를 겪었다. 오늘날 나는 어떤 안정감을 이룩하

긴 했지만 그러나, 모든 것이 나를 구역질나게 만
든다. 인생은 부조리한 것으로 내게 느껴진다. 내
가 이러한 결론에 도달한 것은 추론을 통해서가 아
니다. 나는 단지 그렇게 느낄 뿐이다. 나는 비관
론자이다. 나는 모든 것이 잘못되어 갈 것이라는
생각을 갖고 있다.

내 그림에 유머러스한 요소가 포함되어 있다 하
더라도 내가 그것을 의식적으로 추구한 것은 아니
다. 아마 그 유우머는 내 기질의 비극적인 면을 벗
어나려는 욕구에서 나온 것일지 모른다. 그것은 하
나의 반응이지만 의식적인 반응이 아니다.

반면에 내 작품의 의도적인 면은 정신적 긴장의

두 인물
DEUX PERSONNAGES

이 화집에 게재된 작품 중에서 가장 만년의
작품이다. 강직한 필촉과 힘차게 그어진
선으로 태양은 더욱 붉게 불탄다. 이
작품은 전후(戰後)의 액션 페인팅을 연상케
하고 있다. 일찌기 그가 즐겨 써 오던
별이라든가 그 외의 많은 기호들로 이루어졌
졌던 〈성좌〉 시리즈가 지워져 없어지면서
보다 직접적인 손의 움직임을 통해 대담한
시도가 이루어지고 있는 것이다. 이
작품에서는 그가 지금까지 캔버스를 통하여
시도하였던 여러 가지 방법이 종합적으로
결집되어 나타나고 있는 것이다. 힘차게
내리그은 굵은 선, 바르고 뭉개고 뿌리는
등, 이렇듯 대담한 시도가 일찌기 그의
작품에서는 볼 수 없었던 사건들이다.
이러한 작품이 나타나기까지 그에게는
73년간에 걸친 길고 긴 이미지의 수렵의
과정이 있었음을 쉽게 보아 넘겨서는 안 된다.

1966년 캔버스 油彩 80×53cm
오오사까 개인 수장

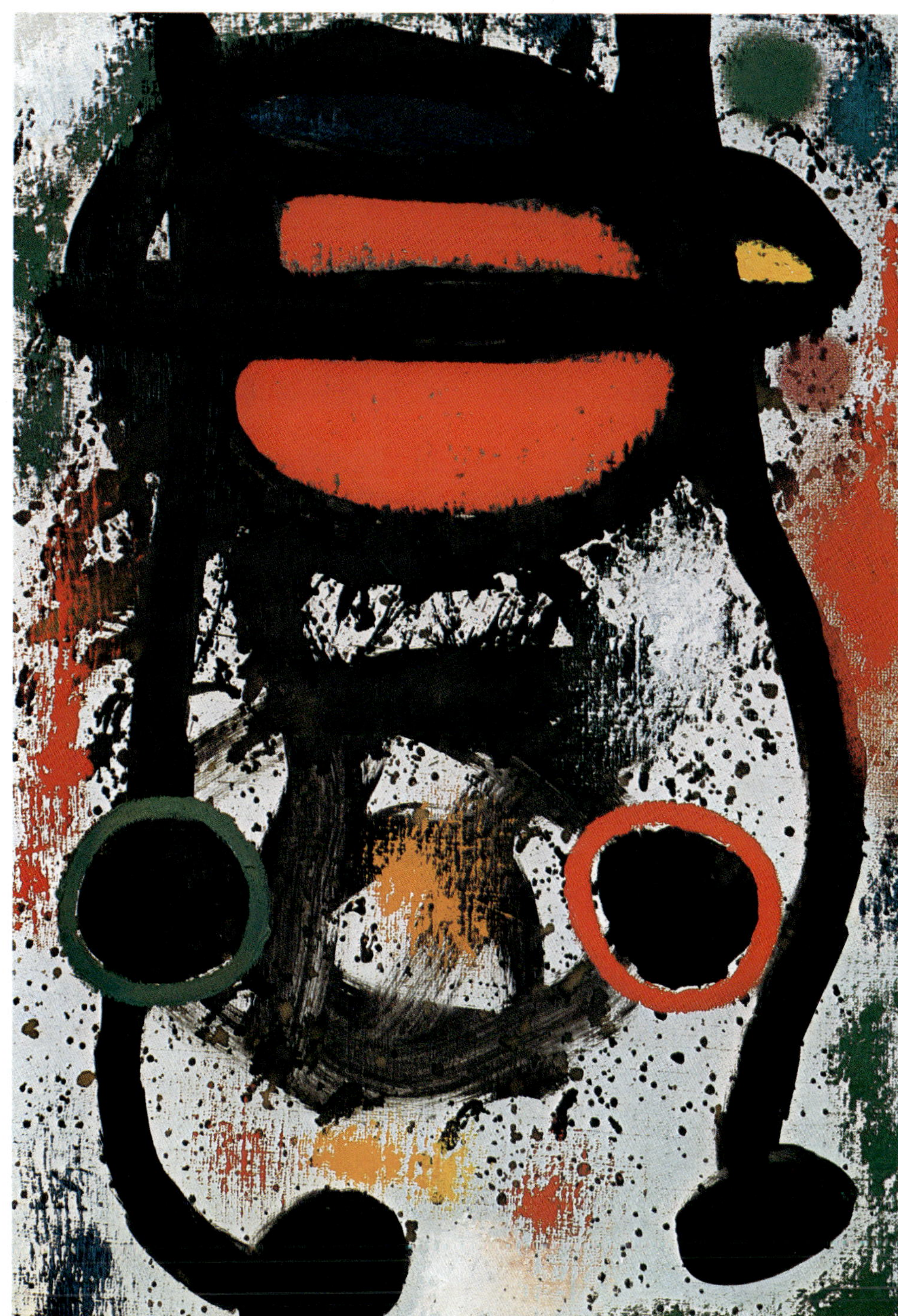

상태이다. 그러나, 내 의견으로는 이러한 긴장이
마약이나, 알코올 같은 화학적 수단에 의해 촉진
되어서는 안 되겠다는 것이 중요하다.

나는 이러한 긴장을 위해 가장 좋은 분위기를 시,
음악, 건축, —예를 들어 고디(Gaudi)는 환상적이
다.—그리고, 내 산책길에서 찾는다. 시골길에서
의 말(馬)의 소음, 마차 바퀴의 삐걱거리는 소리,
발자국 소리, 밤의 울음소리, 귀뚜라미의 소리 등
이 나를 자극한다.

하늘의 모습은 나를 멍하게 만든다.

내가 거대한 하늘에 있는 태양이나 초승달을 볼
때 나는 완전히 압도당한다. 게다가 내 그림에는

거대한 빈 공간에 많은 작은 형태들이 있다. 텅빈
공간, 수평선, 평야, 텅비고 황량한 모든 것이 항
상 나를 사로잡는다.

나는 가장 간단한 것에서 아이디어를 얻는다. 나
는 부자들이 사용하는 우스꽝스러울 정도로 화려
한 접시보다, 농부들이 수프를 먹는 접시를 더 좋
아한다. 내게 있어서 대상이란 무언가 살아 있는 것
이다. 담배나 성냥갑은 어떤 인간의 삶보다 훨씬
더 긴장된 삶을 가지고 있다. 나무를 볼 때 나는
나무가 마치 숨쉬고 말하는 물체인양 충격을 받는
다….

형태들은 윤곽의 선명함과 형태들이 가끔 놓여

지는 틀 때문에 움직이지 않는다. 그들이 움직이지 않기 때문에 그것은 운동을 감시한다.

내 그림에 만족하지 않을 때 나는 병에 걸린 것처럼, 심장이 정상적으로 뛰지 않는 것처럼, 내가 숨을 쉴 수 없는 것처럼, 내가 질식해 죽을 것처럼 육체적으로 불편함을 느낀다.

나는 내가 느끼는 충격, 나로 하여금 현실로부터 도피하게 하는 충격의 효력 아래서 그림을 시작한다. 이러한 충격의 원인은 캔버스에서 풀어진 작은 실일 수도 있고 떨어지는 빗방울, 혹은 테이블의 반짝이는 표면에 찍힌 내 지문일 수도 있다.

작업하는 과정에서, 그리고 캔버스에 하나 둘씩 첨가함에 따라서 제목이 떠오른다. 내가 일단 제목을 찾고 나면 그 제목은 내가 살고 있는 분위기를 내 주위에 만들어 준다. 그러면, 그 제목은 내게 있어서 완전한 현실이 되어 버린다.

나는 내 스튜디오를 화단으로 생각한다. 여기는 아티쵸우크(Artichoke)가 있고, 저기는 감자가 있다. 열매가 자라려면 잎사귀를 잘라 주어야 한다. 어떤 때는 가지치기도 해야 한다.

나는 정원사처럼 일한다….

재료와 도구는 대상에게 삶을 부여해 주는 방식인 테크닉을 내게 부과해 준다. 내가 만약 끌로 나무를 공격하면 그것은 어떠한 마음의 상태로 나를 인도한다. 내가 붓으로 석판화를 그리거나, 침으로 구리판을 새기기 시작할 때 나인 다른 마음의 상태를 갖게 된다. 도구와 재료와의 대면은 충격을 발생시키고 이 충격은 궁극적으로는 그림을 감상하는 사람이 느끼게 될 생동감 있는 그 무엇이다.

그림의 형태도 색깔만큼이나 단순화의 과정을 거쳤다. 단순화되긴 했지만 그것은 세부적으로 묘사되었을 때보다 더 인간적이고 살아 있다. 왜냐하면 세밀한 부분까지 다 보여 주게 되면 모든 것을 확대시키는 상상적인 것이 결핍되어 버리기 때문이다.

국가간의 외교관계는 순전히 관료 제도에 근거를 두고 있다. 그러나, 그것은 관료가 되는 문제가 아니라 인간이 되는 문제이다. 진정으로 인간이 되는 과정에서 인간은 그들의 국적이나 피부색이 무엇이든간에 모든 사람과 의사 소통을 할 수 있게 된다.

그러나, 진정한 인간이 되기 위해서는 자신의 그릇된 자아를 제거해 버려야 한다. 내 경우에 있어서 미로, 즉 국경과 사회, 관료적 인습에 의해 제한된 사회에 속하는 스페인 화가임을 거부하는 것이 필요하다. 라는 말로 하자면 무명의 상태로 돌아가는 것이 필요하다….

그러나, 동시에 인간은 사회적 관점에서 볼 때 완전히 무정부적인 개인적 제스츄어의 필요를 느끼게 된다. 왜 그런가? 왜냐하면 완전히 개인적인 제스츄어는 익명이기 때문이다. 그리고, 익명이 됨으로써 일반적인 것을 성취하는 것이 가능케 된

다. 어떤 것이 더욱더 개인적이 되면 될수록 더 일반적이 됨을 나는 확신하고 있다.

같은 과정을 통해 나는 침묵 속에 숨겨진 소리, 부동 속에 숨겨진 움직임, 유한 속의 무한, 공허 속의 형태, 무명 속에서 나 자신을 찾게 되었다.

같은 방법으로 나의 그림도 유머러스하고 즐겁다고 생각되어 질 수 있는 것이다.

비록 내가 비극적이긴 하지만…. 위의 말은 이본 타일란디어(Yvon Taillandier)가 꼼꼼하게 주석을 달아 59년 처음으로 XX^t siecle에 발표한 초록(抄録)이다 강조나 흥분이 없이 절제되어, 꾸밈없이, 돌발적이고 역설적인 곳이 가끔 있긴 하지만 이 말은 절대적인 성실성의 어조를 띄고 있다. 그 말을 받아들이는 것은 저자와 완전히 친밀해짐을 의미하며 그와 의사 소통을 함은 단번에 그의 작품에 몰입한 자신을 발견하는 것이다. 그러나, 작품이 전혀 단순하지 않기 때문에 주의를 해야만 한다. 또한 그것이 눈에 보이는 것처럼 안락한 것만도 아니다. 이 점에 있어서 비평가 피에르 게강(Pierk Ctueguen)은 그림을 생동하게 하는 형태와 실루엣의 목록을 만들었다. 그에 따르면 그것은 주로 「고리, 가시, 침, 비틀린 전선줄, 구부러진 삼각형, 곤봉, 꼬챙이, 오목렌즈, 괴상한 렌즈, 울긋불긋한 뿔」들이다. 한 마디 냉소적이고 위협적인 세계가 담겨 있다. 시인 죠지 위그네(Georges Hugnet)는 이 일련의 사물에서 「고문도구」의 일습을 보았다. 위그네가 사용한 어휘에는 흔히 미로의 순진함과 매력적인 생동감에 주위를 환기시키면서 미로의 작품을 묘사할 때 쓰이는 유창한 형용사들이 들어 있지 않다. 그는 심지어 그림 속에서 「잔인함, 무례, 오만의 스페인적 유산」의 증거를 발견했다고 할 정도였다. 물론 위그네는 너무한 점이 있다.

그러나, 이러한 종류의 진단에도 어느 정도의 진실성은 있다. 미로로 하여금—그의 작품은 오늘날의 평가가 믿어진다면 완전히 디오니소스적(Dionysos)이다.— 예술의 가장자리에 자리를 잡고 매번 새로운 시도를 할때 마다 어쩔 수 없이 그의 운명이 되어 버리는 끊임없는 갈등에 몸을 내맡기게 하는 것은 바로 자기 자신에게로 향해진 잔인함이 아니었던가? 물론 이제 미로가 더 이상 창작 활동을 하지 않고 더 이상 개인적인 형상과 형태의 새로운 세계를 만들어 내지 않는다는 주장을 할 수도 있다. 그러나, 그렇다고 달라지는 것은 없다. 왜냐하면 그의 시야는 이제 너무 우수하고 그의 표현은 자신감이 있기 때문에 그의 그래픽 제스츄어가 아무리 단순하고 기본적이라 하더라도 그 내부에 진정함의 표본이 되는 떨리는 감성을 내포하기 때문이다. 매번 일어날 때마다 이 제스츄어는 그것을 탄생시킨 세계에 속해 있으며 심지어 더 이상 직접적으로 그것을 가리키지 않을 때도 그렇다. 매번 이 제스츄어는 몬트로익에서 발견된 미로의 천재성이 아직까지 그에게 남아 있다는 것을 증명해 준다.